Czekoladki dla prezesa

送给头儿的巧克力

Sławomir Mrożek

[波兰] 斯瓦沃米尔·姆罗热克 / 著

茅银辉 方晨 / 译

SPM
南方传媒 | 花城出版社

中国·广州

图书在版编目（ＣＩＰ）数据

送给头儿的巧克力 / （波）斯瓦沃米尔·姆罗热克著；
茅银辉，方晨译. -- 广州：花城出版社，2023.12
（蓝色东欧 / 高兴主编. 第7辑）
ISBN 978-7-5749-0148-3

Ⅰ.①送… Ⅱ.①斯… ②茅… ③方… Ⅲ.①短篇小
说－小说集－波兰－现代 Ⅳ.①I513.45

中国国家版本馆CIP数据核字(2023)第246016号

合同版权登记号：图字19-2023-330号
CZEKOLADKI DLA PREZESA by Slawomir Mrozek
Copyright © 2018 Diogenes Verlag AG Zurich
All rights reserved

出 版 人：张　懿
丛书策划：朱燕玲　孙　虹
出版统筹：李倩倩　夏显夫　欧阳佳子
责任编辑：许泽红　梁宝星
责任校对：汤　迪
技术编辑：凌春梅
封面供图：子　夏
装帧设计：棱角视觉 ANGULAR VISION

书　名	送给头儿的巧克力 SONGGEI TOU'ER DE QIAOKELI
出版发行	花城出版社 （广州市环市东路水荫路11号）
经　销	全国新华书店
印　刷	恒美印务（广州）有限公司 （广州南沙经济技术开发区环市大道南路334号）
开　本	880毫米×1230毫米　32开
印　张	7.25　2插页
字　数	160,000字
版　次	2023年12月第1版　2023年12月第1次印刷
定　价	49.00元

购书热线：020-37604658　37602954
花城出版社网站：http://www.fcph.com.cn

送给头儿的巧克力

目　　录

CONTENTS

———————

记忆，阅读，另一种目光

——

（总序）

高兴

　　昆德拉说过："人的一生注定扎根于前十年中。"我想稍稍修改一下他的说法："人的一生注定扎根于童年和少年中。"童年和少年确定内心的基调，影响一生的基本走向。

　　不得不承认，二十世纪五六十年代出生的人都有着不同程度的俄罗斯情结和东欧情结。这与我们的成长有关，与我们的童年、少年和青春岁月有关。而那段岁月中，电影，尤其是露天电影又有着怎样重要的影响。那时，少有的几部外国电影便是最最好看的电影，它们大多来自东欧国家，几乎吸引了所有人的目光，看那些电影的日子是我们童年的节日。在某种意义上，甚至可以说，它们还是我们的艺术启蒙和人生启蒙，构成童年最温馨、最美好和最结实的部分。

还有电影中的台词和暗号。你怎能忘记那些台词和暗号。它们已成为我们青春的经典。最最难忘的是《瓦尔特保卫萨拉热窝》。"'空气在颤抖，仿佛天空在燃烧。''是啊，暴风雨来了。'""看，这座城市，它就是瓦尔特。"简直就是诗歌。是我们接触到的最初的诗歌。那么悲壮有力的诗歌。真正有震撼力的诗歌。诗歌，就这样和英雄主义和浪漫主义，紧紧地连接在了一起。

还有那些柔情的诗歌。裴多菲，爱明内斯库，密茨凯维奇。要知道，在二十世纪七八十年代，读到他们的诗句，绝对会有触电般的感觉。而所有这一切，似乎就浓缩成了几粒种子，在内心深处生根，发芽，成长为东欧情结之树。

然而，时过境迁，我们需要重新打量"东欧"以及"东欧文学"这一概念。严格来说，"东欧"是个政治概念，也是个历史概念。过去，它主要指波兰、捷克斯洛伐克、匈牙利、罗马尼亚、保加利亚、南斯拉夫、阿尔巴尼亚七个国家。因此，在当时，"东欧文学"也就是指上述七个国家的文学。这七个国家，加上原先的民主德国，都曾经是以苏联为首的华沙条约组织的成员。

一九八九年底，东欧发生剧变。此后，苏联解体，华沙条约组织解散，捷克和斯洛伐克分离，南斯拉夫各共和国相继独立，所有这些都在不断改变着"东欧"这一概念。而实际情况是，波兰、捷克、匈牙利、罗马尼亚等国家甚至都不再愿意被称为东欧国家，它们更愿意被称为中欧或中南欧国家。同样，不少上述国家的作家也竭力抵制和否定这一概念。在他们看来，东欧是个高度政治化、笼统化的概念，对文学定位和评判，不太有利。这是一种微妙的姿态。在这种姿态中，民族自尊心也发挥着不可估量的作用。

但在中国，"东欧"和"东欧文学"这一概念早已深入人心，有广泛的群众和读者基础，有一定的号召力和亲和力。因此，继续使用"东欧"和"东欧文学"这一概念，我觉得无可厚非，有利于研究、译介和推广这些特定国家的文学作品。事实上，欧美一些大学、研究中心也还在继续使用这一概念。只不过，今日，当我们提到这一概念，涉及的就不仅仅是七个国家，而应该包含更多的国家：摩尔多瓦等独联体国家、立陶宛，还有波黑、克罗地亚、斯洛文尼亚、塞尔维亚、黑山等从南斯拉夫联盟独立出来的国家。我们之所以还能把它们作为一个整体来谈论，是因为它们有着太多的共同点：都是欧洲弱小国家，历史上都曾不断遭受侵略、瓜分、吞并和异族统治，都曾把民族复兴当作最高目标；都是到了十九世纪末二十世纪初才相继获得独立，或得到统一，第二次世界大战后都走过一段相同或相似的社会主义道路，一九八九年后又相继走上了资本主义发展道路；之后，又几乎都把加入北约、进入欧盟当作国家政策的重中之重。这二十多年来，发展得都不太顺当，作家和文学都陷入不同程度的困境。用饱经风雨、饱经磨难来形容这些国家，十分恰当。

换一个角度，侵略，瓜分，异族统治，动荡，迁徙，这一切同时也意味着方方面面的影响和交融。甚至可以说，影响和交融，是东欧文化和文学的两个关键词。看一看布拉格吧。生长在布拉格的捷克著名小说家伊凡·克里玛，在谈到自己的城市时，有一种掩饰不住的骄傲："这是一个神秘的和令人兴奋的城市，有着数十年甚至几个世纪生活在一起的三种文化优异的和富有刺激性的混合，从而创造了一种激发人们创造的空气，即捷克、德国和犹太文化。"①

克里玛又借用被他称作"说德语的布拉格人"乌兹迪尔的笔为我们描绘了一个形象的、感性的、有声有色的布拉格。这是一个具有超民族性的神秘的世界。在这里，你很容易成为一个世界主义者。这里有幽静的小巷、热闹的夜总会、露天舞台、剧院和形形色色的小餐馆、小店铺、小咖啡屋和小酒店。还有无数学生社团和文艺沙龙。自然也有五花八门的妓院和赌场。布拉格是敞开的，是包容的，是休闲的，是艺术的，是世俗的，有时还是颓废的。

布拉格也是一个有着无数伤口的城市。战争、暴力、流

---

① 见伊凡·克里玛：《布拉格精神》，崔卫平译，作家出版社，1998年，第44页。

亡、占领、起义、颠覆、出卖和解放充满了这个城市的历史。饱经磨难和沧桑，却依然存在，且魅力不减，用克里玛的话说，那是因为它非常结实，有罕见的从灾难中重新恢复的能力，有不屈不挠同时又灵活善变的精神。如果要用一个词来形容布拉格的话，克里玛觉得就是：悖谬。悖谬是布拉格的精神。

或许悖谬恰恰是艺术的福音，是艺术的全部深刻所在。要不然从这里怎会走出如此众多的杰出人物：德沃夏克、亚那切克、斯美塔那、哈谢克、卡夫卡、布洛德、里尔克、塞弗尔特，等等。这一大串的名字就足以让我们对这座中欧古城表示敬意。

布拉格如此，萨拉热窝、华沙、布加勒斯特、克拉科夫、布达佩斯等众多东欧城市，均如此。走进这些城市，你都会看到一道道影响和交融的影子。

在影响和交融中，确立并发出自己的声音，十分重要。不少东欧作家为此做出了开拓性和创造性的贡献。我们不妨将哈谢克和贡布罗维奇当作两个案例，稍加分析。

说到捷克作家哈谢克，我们会想起他的代表作《好兵帅克》。以往，谈论这部作品，人们往往仅仅停留于政治性评价。这不够全面，也容易流于庸俗。《好兵帅克》几乎没有什么中心情节，有的只是一堆零碎的琐事，有的只是帅克闹出的一个又一个的乱子，有的只是幽默和讽刺。可以说，幽默和讽刺是哈谢克的基本语调。正是在幽默和讽刺中，战争变成了一个喜剧大舞台，帅克变成了一个喜剧大明星、一个典型的"反英雄"。看得出，哈谢克在写帅克的时候，并没有考虑什么文学的严肃性。很大程度上，他恰恰要打破文学的严肃性和神圣感。他就想让大家哈哈一笑。至于笑过之后的感悟，那就是读者自己的事情了。这种轻松的姿态反而让他彻底放开了。借用帅克这一人物，哈谢克把皇帝、奥匈帝国、密探、将军、走狗等统统给骂了。他骂得很过瘾，很解气，很痛快。读者，尤其是捷克读者，读得也很过瘾，很解气，很痛快。幽默和讽刺于是又变成了一件有力的武器，特别适用于捷克这么一个弱小的民族。哈谢克最大的贡献也正在于此：为捷克民族和捷克文学找到了一种声音，确立了一种传统。

而波兰作家贡布罗维奇与哈谢克不同，恰恰是以反传统而引起世人瞩目的。他坚决主张让文学独立自主。在二十世纪三四十年代，贡布罗维奇的作品在波兰文坛显得格外怪异、离谱，他的文字往往夸张扭曲，人物常常是漫画式的，他们随时都受到外界的侵扰和威胁，内心充满了不安和恐惧，像一群长不大的孩子。作家并不依靠完整的故事情节，而是主要通过人物荒诞怪僻的行为，表现社会的混乱、荒谬和丑恶，表现外部世界对人性的影响和摧残，表现人类的无奈和异化以及人际关系的异常和紧张。长篇小说《费尔迪杜凯》就充分体现出了他的艺术个性和创作特色。

捷克的赫拉巴尔、昆德拉、克里玛、霍朗，波兰的米沃什、赫贝特、希姆博尔斯卡，罗马尼亚的埃里亚德、索雷斯库、齐奥朗，匈牙利的凯尔泰斯、艾什特哈兹，塞尔维亚的帕维奇、波帕，阿尔巴尼亚的卡达莱……如此具有独特风格和魅力的当代东欧作家实在是不胜枚举。

一方面，在某种程度上，东欧曾经高度政治化的现实，以及多灾多难的痛苦经历，恰好为文学和文学家提供了特别的土壤。没有捷克经历，昆德拉不可能成为现在的昆德拉，不可能写出《可笑的爱》《玩笑》《不朽》和《难以承受的存在之轻》这样独特的杰作。没有波兰经历，米沃什也不可能成为我们所熟悉的将道德感同诗意紧密融合的诗歌大师。但另一方面，需要注意的是，由于语言的局限以及话语权的控制，东欧文学也极易被涂上浓郁的意识形态色彩。应该承认，恰恰是意识形态色彩成全了不少作家的声名。昆德拉如此，卡达莱如此，马内阿如此，赫尔塔·米勒亦如此。我们在阅读和研究这些作家时，需要格外地警惕：过分地强调政治性，有可能会忽略他们的艺术性和丰富性；而过分地强调艺术性，又有可能会看不到他们的政治性和复杂性。如何客观地、准确地认识和评价他们，同样需要我们的敏感和平衡。

一个美国作家，一个英国作家，或一个法国作家，在写出一部作品时，就已自然而然地拥有了世界各地广大的读者，因而，不管自觉与否，他，或她，很容易获得一种语言和心理上的优越感和骄傲感。这种感觉东欧作家难以体会。有抱负的东欧作家往往会生出一种紧迫感和危机感。他们要用尽全力将弱势转化为优势。昆德拉就反复强调，身处小国，你"要么做一个可怜的、眼光狭窄的人"，要么成为一个广闻博识的"世界性的人"。别无选择，有时，恰恰是最好的选择。因此，东欧作家大多会自觉地"同其他诗人、其他世界和其他传统相遇"（萨拉蒙语）。昆德拉、米沃什、齐奥朗、贡布罗维奇、赫贝特、卡达莱、萨拉蒙等东欧作家都最终成为"世界性的人"。

关注东欧文学，我们会发现，不少作家，基本上，都在出走后，都在定居那些发达国家后，才获得一定的国际声誉。贡布罗维奇、昆德拉、齐奥朗、埃里亚德、扎加耶夫斯基、米沃什、马内阿、史克沃莱茨基等都属于这样的情形。各种各样的原因，让他们选择了出走。生活和写作环境、意识形态、文学抱负、机缘等，都有。再说，东欧国家都是小国，读者有限，天地有限。

在走和留之间，这基本上是所有东欧作家都会面临的问题。因此，我们谈论东欧文学，实际上，也就是在谈论两部分东欧文学：海外东欧文学和本土东欧文学。它们缺一不可，已成为一种事实。

在我国，东欧文学译介一直处于某种"非正常状态"。正是由于这种"非正常状态"，在很长一段岁月里，东欧文学被染上了太多的艺术之外的色彩。直至今日，东欧文学还依然更多地让人想到那些红色经典。阿尔巴尼亚的反法西斯电影、捷克作家伏契克的《绞刑架下的报告》、保加利亚的革命文学，都是典型的例子。红色经典当然是东欧文学的组成部分，这毫无疑义。我个人阅读某些红色经典作品时，曾深受感动。但需要指出的是，红色经典并不是东欧文学的全部。若认为红色经典就能代表东欧文学，那实在是种误解和误导，是对东欧文学的狭隘理解和片面认识。因此，用艺术目光重新打量、重新梳理东欧文学已成为一种必须。为了更加客观、全面地翻译和介绍东欧文学，突出东欧文学的艺术性，有必要颠覆一下这一概念。蓝色是流经东欧不少国家的多瑙河的颜色，也是大海和天空的颜色，有广阔和博大的意味。"蓝色东欧"正是旨在让读者看到另一种色彩的东欧文学，看到更加广阔和博大的东欧文学。

二〇一三年十月三十一日定稿于北京

主编简介：高兴，诗人、翻译家，一九六三年出生于江苏吴江市。中国作家协会会员。国务院政府特殊津贴专家。现为中国社会科学院外国文学研究所研究员、《世界文学》主编。曾以作家、翻译家、外交官和访问学者身份游历过欧美数十个国家。出版过《米兰·昆德拉传》《东欧文学大花园》《布拉格，那蓝雨中的石子路》等专著和随笔集；主编过《二十世纪外国短篇小说编年·美国卷》（上、下册）、《伊凡·克里玛作品系列》（5卷）、《水怎样开始演奏》、《诗歌中的诗歌》、《小说中的小说》（2卷）等大型图书。主要译著有《文森特·凡高：画家》《黛西·米勒》《雅克和他的主人》《可笑的爱》《安娜·布兰迪亚娜诗选》《我的初恋》《索雷斯库诗选》《梦幻宫殿》《托马斯·温茨洛瓦诗选》等。

9

中译本前言

茅银辉

　　《送给头儿的巧克力》收录了姆罗热克的68篇极为短小的故事，总体上分为三个系列，创作手法和内涵上都秉承了姆罗热克作品的一贯风格，且均是以第一人称写就。

　　第一个系列《送给头儿的巧克力》，共计49篇，创作时间较早，讲述了"我"在某个小县城的某单位里的职场琐事。出场人物从未发生改变——头儿、我、会计师、出纳、顾问、看门人、仓库管理员，作者从未指出"我们"的工作单位是什么，有时是家企业，有时是所院校，有时又是地方政府的某个小部门，大多时候语焉不详。其实什么单位并不重要，重要的是，这一系列的故事从各个侧面勾勒出苏联体制下波兰社会生态中挥之不去的荒诞意味。

　　第二个系列题为《公鸡、狐狸和我》，一共9篇，出场的人物形象如题所示。作者借用了童话寓言的体裁，以大篇幅的对话展开情节，通过轻松的手法探讨一些不那么轻松，甚至相当沉重的话题。作品中也不难看出时代背景所留下的烙印。

　　第三个系列《诺沃桑德茨基、马耶尔和我》，共计10篇，讲述了"我"与两位同事兼酒友之间的一些遭遇和趣事，作品中蕴含着浓郁的哲学意味。这一系列的创作时间最晚，在苏联解体和东欧巨变之后，故事中再难看到"苏联式笑话"的痕迹，但新的社会背景总有新的荒诞和讽刺被敏锐的眼睛发现。个中滋味，有待读者自行品读。

送给头儿的巧克力

缩写

　　我们碰巧聘用了一个年轻人，他竟然是头儿的外甥。这个男孩长得挺帅，只是额头略显低平。好在额头不是文化宫，低平一点也无所谓，又不影响脑力劳动。你看，他立即就当上了报告部门的负责人，这不是个最好的证明吗？

　　很快，头儿叫我过去。

　　"读读这个。"头儿递给我一份文件时说道，"这份报告是我外甥写的。你对此有何看法？"

　　我接过来一看，文件上总共写了几个字："阿拉有一只猫咪。"

　　"书法很不错。"我说。

　　"当然了，这孩子在这方面的才能随他舅舅。但是除此之外呢？"

　　"言简意赅，一看就知道，他有综合的思维。"

　　"当然了，这得归功于教育。毕竟他上过小学一年级。但是，您不认为写得实在有点太短了吗？"

　　"可能有那么一点点吧。"

　　"你要把这当作一项任务，尽量多写点。"

　　于是，我扩写了一遍，现在报告看起来是这个样子：

致中央委员会下辖的国家档案局下属的办公厅 M. A. O. M. I：

我们在此善意地通知贵单位，阿拉有一只猫咪。

"这个 M. A. O. M. I 是个什么缩写，一个研究机构吗？"头儿问。

"我也不知道，但总归是有这么一个。"

显然我是对的，过了一段时间之后，答案就出来了。

"你们的来函收悉。我们特此通知，在 M. A. O. M. I 内部已经成立了一个委员会，以处理你们报告中所提及对象的产权和租约问题。请提供进一步的材料。"

于是，我们把头儿的外甥锁在房间里，以免分散他的精力，还给他口服蜂王浆，静脉注射葡萄糖，然后他就开始工作了。两天后，下一份报告已经准备就绪，内容如下：

奥拉有一只狐狸。

我又进行了扩写：

致 M. A. O. M. I 财产所有权和租赁权委员会，国家档案局，中央委员会：

　　贵单位给我们的复函收悉，我们特此通知——奥拉有一只狐狸。

随后，我们收到了以下邀请函：

　　关于在 B. D. C. A（也不知道是什么机构）主持下召开 M. A. O. M. I 与 H. U. L. I 之间的合作改革会议的事宜，请派一名代表出席。

我们欢送即将赴首都参会的外甥去火车站。头儿激动得热泪盈眶，由衷为外甥感到骄傲。谁能想到，这是我们最后一次见到外甥。

　　在首都，他得到了一个更高的职位。

瘟疫死难者的小舅子

我们接到了一项命令，为纪念我们的民族吟游诗人朱利乌什·斯沃瓦茨基，要建一所学院。演讲和艺术部分是必不可少的。

演讲倒是没什么难度，可以拿着一张讲稿照着念。但艺术部分有点麻烦，必须凭记忆背诵一首题为《感染瘟疫的父亲》的长诗。这首诗描述了一整个家庭如何死于瘟疫。

由于出纳员正在服刑，所以头儿给监狱管理部门写了一封信，要求给他放假，条件是他要把这首长诗记得滚瓜烂熟并在学院里背诵。监狱管理部门欣然同意，但出纳员不愿意。

既然遇到了这样的问题，我们便决定在艺术部分用自己的话来讲述这首诗的内容。

会计师对此心存疑虑。

"文件里的要求很明确，要凭记忆，而不是用自己的语言。领导可能会找我们的麻烦。"

"如果我们能找瘟疫死难者的一个亲属呢？毕竟，亲属有权回忆自己的亲人，讲述他们当时的情况，这样一来，用他自己的话来说也就没问题了。当局应该不会去动人家亲属的。"

"但从这首诗中可以看出，一家人都死光了。母亲、儿子、女儿、祖父，所有这些人一个也没活下来。"会计师坚持说。

"小舅子呢？朱利乌什·斯沃瓦茨基并没有提到小舅子。小舅子没准可以活下来。"

"即使他幸免于难，又去哪儿找到他呢？"

"可能有一个小舅子，他并没有被记录在案。谁能保证他不在我们身边？"

我们互相瞄了对方一眼，两人都感到十分不自在。此时一个勤杂工拯救了我们。

"我们俩肯定不行，"他坚定地说，"找那个勤杂工顶替吧。"

勤杂工要求我们给他买一套黑色西装，并在合作社里为他开设一笔信贷。

"毕竟，我必须得服丧，而且还得举行葬礼。"勤杂工说。

学院的日子到了，头儿拿着一张稿纸做了演讲。到了艺术部分，瘟疫死难者的小舅子身穿黑色丧服走上了讲台，他脚步踉跄了一下。大厅里鸦雀无声。

他看向观众，双眼因悲伤过度而红肿。正当他准备开始讲述自己的故事时，声音却一下子哽在了喉咙里，无语凝噎，所以他只哭了几声就匆匆离开了。

我们在沉默中各奔东西，必须尊重这个人的感受，他失去了整个家庭。

节约

　　头儿建议我们勤俭节约，并且以身作则，将他办公室里的两把椅子撤掉了一把。他说："真是不容易啊，我必须和我的同事——女秘书坐在同一把椅子上了。诚然，我们会很拥挤，但是这件家具就可以省下来，要知道木材现在很贵了。你们也看看哪儿有多余物资、闲杂人员？"

　　我们建议来，建议去，也建议不出个所以然，因为看不到一个多余的，每个人都想生存下去。最终，我们把主意打到了那个跑腿的身上。我们可以炒掉现在这个，找一个独腿残疾人来替代。仅仅在腿上，就可以为企业节省百分之五十的开销。

　　不幸的是，我们在本地没能找到这样的人。掉了牙的、割了盲肠的比比皆是，可惜缺了一条腿的实在可遇而不可求。我们的社会是两条腿的，有些甚至是靠四条腿走路。总体来说都是偶数的腿。

　　我们又跑去医院询问，尽管交通现代化的发展势头不错，但为大家进行截肢的计划还没有提到日程上来。

　　我们在省里的报纸上刊登了一条广告："急聘一名跑腿的，需要只有一条腿，并且会说波兰语。"

还真有个外地人前来应聘，他的确只有一条腿，无奈是个哑巴。

　　我们锲而不舍，又在中央的报纸上刊登了广告。这次效果不错，来了两个应聘者，每个都只有一条腿。我们录用了腿比较短的那位。如果你要节约，就得处处节约。

　　现在，他正坐在门房里，优哉游哉地喝着茶。如果有什么事需要进城做，我们就身体力行，自己出去跑腿。还能怎样？总不能去折磨一个瘸子吧？

　　尤其是，你还可以在路上停下来喝杯啤酒。

消暑攻坚战

冬天即将结束时，头儿召集我们开会。

"先生们！"他开始发言，"我以为不会走到这一步，但一切似乎都表明夏天又要来了。我们必须动员起来。我说的是关于苏打水的事。"

书记员请头儿说得更具体一些。

"好吧，"头儿表示同意，"通过自我批评，我们每个人都知道，去年和前几年一样，我们企业无法生产足够的苏打水来满足消费者日益增长的需求。今年，这种情况不能再发生了。"

"为什么不能呢？"学徒从角落里问道，但我们都转头瞪着他，他红着脸不再出声。

"还有什么建议？"头儿问。

"消灭炎热。"书记员建议。

"我认为最好向社会发出呼吁，不要在炎热的天气里喝苏打水。七月和八月一到，那些不负责任的分子就恨不得立即把自己泡在苏打水里，根本就不顾及这是苏打水供不应求的时候！他们缺乏作为一名公民应有的觉悟，甚至散发着搞破坏的味道！"会计师压抑不住愤怒，说道。

"先生们，这不是问题的关键。"头儿说，"什么是苏打水？就是水加上气泡。我们的祖国有充足的水资源，唯一的问题是气泡。好吧，如果我们设法提前做好恰如其分的气泡储备，就足以在适当的时候让它们进入水中，如此一来，整个国家都会喝到苏打水了。"

"真是一个绝妙的主意！"会计师感叹道，"只是，气泡不会变质吗？如果我们把过期腐败的气泡投放到市场上，可能会为此付出高昂的代价。"

"这是个正确的提醒，"头儿说，"但工作人员是用来做什么的？我们现在需要组织合适的工作人员。先生们，我们正在扩大企业规模！将会准备出新的职位，以及工资补贴和奖金。我在此呼吁大家，作为单位的忠诚分子，请你们踊跃报名，勇担重任。大家一起来为苏打水艰苦奋斗！我警告你们，这些岗位都是一线的战斗岗位！"

一时间，群情激昂。我们一致选举头儿担任攻坚小组的总指挥官。会计师当上军需官，书记员统管大后方，我成了战地医院的负责人。然后我们都领到了预发的工资和奖金。

还有，企业也需要改个名字。原有的"国营苏打水制造厂"已无法满足新任务的需求。我建议采用"波兰泡"这个比较国际化的名字，为开拓海外市场提供便利。但由于新企业的规模巨大，最终我们都同意选择"中央气泡"。

我们对整个计划进行了详细描述，并报送上级主管部门审批。在等待答复的过程中，我们还争分夺秒，制订了气泡的标准，最重要的是，为公众提出了一系列口号——"你们的水——我们的泡——共同消暑""太阳出来不要慌，中央气泡帮你忙"以及诸如此类的宣传词。

世事难料，上级主管部门的批复是"不同意"。重工业必须优先于轻工业，这就是驳回的动机。

我们很难否认上级这么做的正确性。这些苏打中的水气泡能有多重？确实不重。

但我们没有那么容易灰心丧气。要重也好办，我们转型，开始生产气枪的铅弹。给每杯水里倒进去十打沉重的固体铅弹吧！毕竟，水里的铅弹也能起到一定的冷却作用。

思想的巨人

很不幸，我的同事和领导都不认为我是一个杰出的人。于是我决定发明一些哲学体系，一些新的思想，并在办公室里表达出来，让他们看到我只是怀才不遇。但除了"生活不是童话""说吧、说吧，说到你口干舌燥"和"我去参军时，你会遭到马妮亚的摧残"这几句名言，我什么都想不起来。

但世界上有一些伟大的思想家、哲学家和诗人，我可以借鉴他们的成果。于是我去找当地的老师求教。

"嗯……比如说，歌德。"

"那就歌德吧，他有什么名言？"

"歌德说：'多一些光明吧。'人们至今仍然很尊重他。"

"这就妥了，既然您给他做了担保……"

第二天，办公室里召开了一个生产会议。头儿发表了讲话，然后问与会者：

"有什么动议吗？"

"多一些光明吧！"我站起来说。

"你认为我说得不够敞亮吗？"

他勃然变色，然后导致了某些不可描述的后果。

我又去找教授。

"您的那个歌德把事情搞砸了，不管用。"

"让我们试试伽利略吧，这句'但是，它在转圈'。"

这一次的结果更加惨不忍睹。头儿威胁我说，他保留追究我恶意诽谤的权利。

"那么，让我们回到上古时代吧，"教授这次反过来建议我，"这次您选苏格拉底，这一句'我知道，自己一无所知'怎么样？"

"如果他知道自己一无所知，那么他就应该知道：自己知道的是什么呢？答案是什么都不知道，如果他不知道自己一无所知，那就是连自己……不知道什么……都不知道。头儿不会再找麻烦了。"

"请您不要再伤脑筋。苏格拉底永远是对的。"

第二天，我求见头儿。

"我知道，自己一无所知。"他接待我时，我伺机说出了这句。

"我非常欣慰，亲爱的同事，我们将为你颁个奖。"

苏格拉底！古人诚不我欺！

考古

看门人大喊大叫着飞跑进来，说自己发现了一个人形的东西。我们立即奔出去看。的确，有一条貌似人类的腿从一堆布满灰尘的文件下伸出来。我们忙碌起来，过了一会儿，一个男人赫然出现在我们面前，穿着相当体面，年龄不详，胳膊下还挟着一个公文包，但是没有任何生命迹象。

"不要触碰！"头儿喊道，"必须打电话给考古委员会。谁知道呢，也许还是来自皮亚斯特时代的！"

"没准能在'千年'展览会中派上用场。"书记员指出。

"保存得特别好，"会计师补充说，"简直栩栩如生，显然，纸张能起到绝佳的封存作用。"

"我的天啊！动弹了！"辅导员喊道。

在新鲜空气的流动下，被挖掘出来的人形复苏了，还睁开了眼睛。

"我们赶紧跑吧！"书记员说道。

但为时已晚，木乃伊已经将手伸进了公文包。

"直觉告诉我，"看门人说，"我好像认识他。我想起来了，那时候我还年轻。我记得，他一直站在这个角落里，拿着什么东西等人签署。他等啊，等啊，最后可能被文件给埋了。"

"嗯……"头儿不太确定地说道,"我恐怕是错了。从考古学的角度来看,这次发掘没有任何价值。"

我们面面相觑,然后一拥而上,动手又把他盖上。他微微挣扎了一下,但我们将一摞一摞文件压在上面之后,又踩了几脚来夯实。然后作鸟兽散,各忙各的事去了。

也许有一天他将具有历史价值,至于现在,就让他等着吧。

准时

"先生们！"头儿说，"你们一点也不守时，你们需要立刻结束这种局面。你们有什么动议吗？"

我们召开了一个关于动议的会议，并通过了一项关于召开与不守时行为做斗争的会议的动议。

我们召开了一次与不守时行为做斗争的会议，并通过了一项旨在避免迟到行为的动议。

会议厅里的气氛热情洋溢。

"仅仅不迟到还不够，"书记员感叹道，"我承诺在八点差一刻前就到办公室！"

现场响起了热烈的掌声。但会计师已经起身宣布：

"我们为我们的同事——书记员的真实办公态度感到自豪。但我们能不能多付出一点？让我们承诺在七点上班吧，请上帝帮助我！"

书记员想给他一记反击，但还没来得及张嘴，出纳员就以六点零分的宣言击败了先前发言的两个人。

我一下子热血上头。我怎么能比他们落后呢？我站起身，立刻喊出了五点多。我已经在想，自己肯定胜出了，这时书记员又跳了起来，报出了五点前。但于事无补，因为会计师的新宣言比他又提前了整整五分钟。然而，会计师又被仓库管理员放倒了，好吧，那是他输给审计员之前的事了。最后，供应经理赢了，他加注到凌晨四点钟，拔得头筹。掌声不绝于耳。

"先生们！"头儿眼含热泪说道，"你们的热情远远超出了我所有的预期。现在有必要将其纳入组织框架。接下来我们决定从什么时候开始执行。"

最终，我们决定从这个月的第七天开始试行。然后，我们唱起了《我不会放弃地球》的歌，各回各家。

决定性的一天在庄严肃穆的气氛中来临。第六天放了一天假，我们都没有上班，以便确保在第七天到来之前有个充足的睡眠。

不幸的是，事实证明，第七天是个星期天。

豌豆

我也不知道，当初到底是怎么回事，我居然会把豌豆塞进自己的鼻孔里。我根本就不记得有这样一回事，如果不是过了一段时间之后，在我上班期间，头儿到我面前对我说：

"怎么样啊，亲爱的同事，发了？"

"发……发什么……您是说发工资啦？"

"我是说你发芽了，自己照照镜子去。"

我照了照，真的，我正在发芽。

"别担心，"头儿说，"你有社保，治疗不需要任何费用。"

我挂了个号，排队看医生。队排得很长。春天来了，豌豆芽开始蓬勃生长，整个大自然都焕发了活力。

在办公室里，我的麻烦倒是没给同事们造成什么困扰。

"你的气味真的挺好闻，"打字员说，"仿佛置身于乡下。"

好吧，让我不舒服的是，我看什么都像躲在灌木丛后面看，影影绰绰的。排队的人向前移动的速度也太慢了……

直到五月底，我才排到了医生跟前。他看了我一眼，说：

"你不该来找我。"

"那我该找谁？"

"找园丁，你的情况对我来说，唉，已经太晚了。"

"但是，找园丁的话，社保不给报销啊，我也不能去找一个私家园丁啊。"

"请恕我爱莫能助。"医生说，"下一位！"

我忧心忡忡，因为豌豆已经茁壮成长，开始牵丝攀藤。但后来发现，似乎也无大碍。

一个星期过去了，头儿给我打来电话：

"听着，伙计，这样漂亮的豌豆相当罕见。我们将把你送到'我们县的成就'展览会上去参展。衷心恭喜你获此殊荣。"

我还去参加了园艺展览，同样作为一件展品。我为他们节省了不少费用，因为我既不需要花盆，运输费也不贵。我是骑了一辆自行车，自己去的。

在展览会上，我还开花了。

明年，我将在自己的耳朵里种植一株兰花。它不仅有实用价值，还十分美观。

权威

头儿把我叫过去，对我说。

"实在是太热了。"

我微微颔首。

"要是能下水泡个澡就好了。"我肯定道。

"这就是我叫你来的原因，咱们得悄悄地做。"

我心中窃喜。

"我有一项特别的任务要交给你。我想在池塘里洗个澡，可惜这是公共场所。另外，我还得脱掉裤子。"

"我明白了，头儿先生不穿裤子就是无政府状态。"

"没错，所以你要站在岸边，注意有没有人来。一旦看到有人，你就吹三声口哨。你会吹口哨吗？"

"没问题。"

"还有一件事，你得闭上眼睛。"

"为什么要闭眼？"

"因为我要脱裤子。"

"如果这样，我就看不到是否有人来了。"

"好吧。你可以睁着眼睛，但你要背对岸边站着。"

我们走到池塘边，我转过身来。飞溅的水花落在我身上，显然，头儿下水了。

我在那里孑然伫立了一个小时。突然间，附近的灌木丛中窸窣作响。我一看，原来是头儿光着屁股走了过来。我忙吹了个口哨。

"别慌别慌，是我。"

"可您光着屁股，我有权在头儿先生穿着西装的情况下承认他是头儿先生。"

"你很有原则，但是我的裤子被人偷了。你没有看到那个该死的小偷吗?"

"没有，我一直背对着池塘站着，这样我就不会士气低落，因为不穿裤子的头儿先生是……"

"小点声!还有，不要叫我头儿，我现在是隐姓埋名的。赶快把你的裤子给我。"

"那样一来我就该光屁股了!"

"没关系，你又没有什么权威好丧失的。"

"我还是不能。"

"为什么?"

"因为这是不可能的。"

"你知道自己在和谁说话吗?"

"当然了，如果我在头儿先生面前脱裤子，就是对头儿先生有失尊重。"

"我已经跟你说过了，现在我是隐姓埋名的。"

"那我就更不能这样做了。如果我服从命令，头儿先生就会丧失隐姓埋名的状态。不管怎么说，头儿先生在我面前要么丧失隐姓埋名的状态，要么丧失身为头儿的权威。"

"这是我的事，把裤子给我！"

头儿穿上了我的裤子，然后差点把我掐死。

和平

我们那儿的市场里开设了一个射击运动场。五毛钱一枪。至于奖品，你可以赢到科希丘什科石膏像、猫，甚至一瓶专供出口的蓝莓酒。

科希丘什科没有引起我们的兴趣，尽管他是一位勇敢的领导人。那只猫不提也罢，唯有蓝莓酒强烈地吸引了我们的注意。

"投资回报率相当可观，"会计师算起账来，"一瓶酒五毛钱，这比福利强多了。一百兹罗提可以买两百瓶。足够喝上两到三天。咱们哪个同事枪法好？"

"我参过军，"仓库管理员说，"但是只能在浮桥部队服役，因为我有脑积水。"

"我以前枪法不错，"书记员说，"但从来没有命中过靶子。同事，你看行吗？"

我觉得不太靠谱。忽然脑子里灵光一现，我想起了我的祖父曾参加过某场起义。于是，我们向祖父提出合作意向：每瓶酒分他一杯，并报销弹药费。但事实证明，我的祖父当年是作为一名镰刀手去参加战斗的，对射击一窍不通。他甚至想带着自己的大镰刀去射击场，工作人员根本不让他进门。

"没别的法子了,"会计师说,"我们只能找一个正在休假的现役军人。"

我们在广场上环顾四周,东张西望。突然一个行进中的身影映入眼帘。他似乎是个不错的人选:制服上的肩章光鲜亮丽,硬檐帽上的帽徽熠熠生辉,裤线绣着雅致的条纹,领口和袖口镶着金色花边,一双虎目犀利有神。我们和他道明了原委。

"这事我干了,"他说,"不过得先给钱,没有预付款我就不开枪。"

所以我们去自助餐厅筹集预付款。到了晚上,差不多够数了,我们就停止筹款,一起去了射击场。我们用捐款一下子买了两百次的射击券,免得在细枝末节上纠缠不清。枪械师把气枪装填好铅弹,交给了我们的军人。

"开火!"会计师喊道。

"请稍等,"军人说,"请帮我扶着枪管,因为我有点飘。"

于是,会计师扶着枪管,我扶着会计师,因为他也有点飘。

"砰!"第一枪打响了。

"第一瓶!"会计师得意地数着,"舒斯迈尔先生,把第一瓶给我。"

"哪儿来的第一瓶?"枪械师又惊又怒,从自己身上抠下来一枚气枪铅弹,"他打着我啦!还想赢酒?连赢个科希丘什科都没门。为了公共安全，你们必须马上离开这个地方。"

"您是一名军官吗？"我们被撵到外面时，会计师悲愤交加地叫喊，"简直是在羞辱这身海军上将制服！"

"什么海军上将制服？"我们的神枪手很惊讶，"我是'假日酒店'的门童，穿的是我的工作服。再见，我要去上夜班了。"

现在，我们已经成为和平主义者，伟大的理念怎能靠手中的武器来实现？

狗

我们第一次看到这条狗时，我正在点我的第二杯啤酒。由于天气炎热，餐馆的门大敞着。从昏暗的店里望去，市场上发生的事一览无余。

"我想知道，这是谁的狗？"仓库管理员问道。

别人都懒得搭理他，尤其是在吃自助餐的时候。

自助餐女服务员从柜台里探出身子，想了解一下大家在谈论什么。

"我也不知道。"她说。

"我只是想知道，这条狗是什么品种的。"仓库管理员懒洋洋地继续说道。

我并不认为他说这些话有什么特别的意图，似乎就是随口一说。我们再次向那个方向望去。

"不伦不类，"我评价道，"有一点像狼狗。"

那条狗在市场上慢慢转悠。

会计师戴上眼镜，来到门口。摘下来擦了擦，又重新戴上。

"具体是什么品种呢？"我们稍微来了点兴趣，但没激发出太大的热情。

"警犬。"他简明扼要地吐出了一个词。

一片沉默。

"也许不是？"有人问，胆怯的声音中带着某种希望。

"再来一杯吗？"自助餐女孩问道，顺手接过空啤酒杯。

"你说什么呢！"书记员火冒三丈，"我就来这儿稍微坐一会儿，那边还有人等着我呢！结账吧。"

"非常正确。"顾问以严厉的语气插了一句，"酒精是踏实工作的敌人。特别是在办公时间。我要回办公室了。"

办公室就在市场的另一侧。

"也许咱们一个一个地走过去比较好？"仓库管理员犹豫了一下，嗫嚅道。

"不要盯着它看，"书记员压低嗓音说，"否则会引起它的注意。"

"它不看你的时候，怎么知道你在看它？"

"它不用看，因为它受过训练。"

那条狗躺在井边，背对着我们，没有转头。恰恰是这个姿势证实了我们的猜测。

回到办公室后，我们开始忙碌起正事。一时间，耳中所闻唯有敲打字机的嗒嗒声和贴邮票的啪啪声。一点钟前后，我被头儿叫到了他的办公室。

我发现他正站在窗边。

"听着，"头儿说，"你是一个见多识广的人。众所周知，世界上有各种各样的自然奇观，五花八门的瀑布、不同种类蝙蝠……但何必舍近求远去寻找呢，我们就以这条狗为例吧，狗聪明吗，嗯?"

"非常聪明。"我点头应答。

"嗯，是的，但你知道，它们终究只是动物。会跳跃，会叼取物品，这都没错。但受教育情况如何？例如，它们懂会计学吗？恐怕连数都不会数吧。也就会追逐兔子……嗯，这……倒是和抓小偷差不多。但资产负债表、清单这些东西对它们而言，难度就像我们学做中国菜，不是吗?"

"肯定啊……"我表示同意，"虽然……"

"虽然什么?"

"我记得，在马戏团看到过各种动物。它们来到舞台上，看着人给的各种写了数字的牌子，就会加、减、乘……"

"不出错吗?"

"不出。"

"各种动物，你说的。嗯，也许吧。但是狗呢，有没有掌握这些技能的狗?"

"这么具体，我恐怕想不起来了。毕竟，一晃已经过去这么多年，这么多历史事件一件接一件，头儿先生，您知道，动乱曾经席卷了我们的国土。我还记得，那是一九三九年。"

"别跟我顾左右而言他，"头儿不耐烦了，"直接说！有，还是没有?"

"好像有。"

"谢谢。"与头儿的对话就此结束。

那一天,办公室按时下班,所以我的晚餐迟了一个小时,汤也烧煳了。

五点钟时,仓库管理员派他的侄子给我带消息,说有一条狗在仓库周围转来转去,四处嗅探。我决定躺下睡觉。的确,我感觉有点不舒服。

晚饭前,会计师来了。他一言不发,在床头旁坐下。他脸色苍白,气喘吁吁。我没出声,等着听他有什么话要说。

"猪!"他脱口而出。

"什么,他们又派来一头猪?"我惊呼出声,撑着手肘抬起身。

"不是,来了一个人,我们看到她给狗送去了猪肉香肠,还佐以辣根。"

我又一头躺回枕头上。一个绝妙的想法在我脑海中闪过。

"狗接受了吗?"

"当然接受了。"

"咱们赶快去肉店吧!"我说着站起身来,又提上裤子。

我们发现肉店门前不知何时已经排起了长队,排队的都是我认识的人。我们还没排到店门口,香肠就卖光了。我们只好失魂落魄地离开。

"现在可怎么办啊?"会计师问道。

"没准,它也喜欢鳕鱼?"我表达了自己的希望。

"就算喜欢，它也更喜欢吃香肠。我们可不能拎着一条鳕鱼到它那里自投罗网。"

这条狗神出鬼没，嘴里咀嚼的是香肠，但鼻子里嗅探的是一切。人们各显其能，试遍了百般手段。有人亲耳听到头儿的女秘书腻声叫着："我美丽的小狗狗呀，我的宝贝小甜心哟……"呃，毕竟人狗殊途。

然后，狗就凭空消失了。而这种情况简直让人愈加抓狂。

"这意味着它已经收集了足够的材料，"会计师猜测道，"现在恐怕要轮到检察官接手了。"

我们所有人都颓然地坐在我家里，默默地抽着烟，连一盏灯也没开。突然，一辆卡车在屋前驶过。不！它没有驶过，而是停了下来……

我们一下子全体起立。

还好，推门而入的是"拉斯"合作社经理。

"它在我那边呢。"说着，瘫倒在一张椅子上。

"它四处嗅探吧，嗯？这不是什么新闻。"

"更糟糕的是，它在门房那里撒尿了。"

"我们去找牧师吧。"会计师说着，站了起来。

教区牧师在门廊接待了我们。

"我们有一个大大的请求，"会计师说，"教区牧师大人，您知道发生了什么事……"

"对罪孽的惩罚。"教区牧师斩钉截铁地说。

"即使在《圣经》中也说过'走吧，不要再犯罪了'，所以我们认为，您……"

"你到底想说什么？"

"我想说，您也养了一条狗。所以，您看能不能让它和另一条谈谈。它们终究是同事，即使持不同的观点……"

"不可能。我不涉足政治。"牧师说罢关上了门。

"真是'泰坦尼克'号惨案啊！"会计师说，"这意味着我们在没有救援的情况下沉没。一起去自助餐馆吧，因为我们已经没有什么可失去的了。"

亲切的自助餐，熟悉的温暖……这一切，我们都将最终放弃吗？

"山里人，你不后悔吗……"我引用了会计师的话，"给我来一升。"

正在这时，那条狗施施然进了酒馆。

"柠檬水，谢谢。"会计师立即改变了主意。

那条狗站在自助餐旁摇着尾巴。

"我们今年将获得大丰收。"仓库管理员对书记员说。

"都得感谢国有农业合作社。"书记员补充道。

"我明白。"

"但是，洪水……"我总得装腔作势反衬一下，走个过场。

"那算什么洪水，真是可笑。个别地方有点潮湿而已，没什么大不了的。没有什么能阻止我们在我们政府的领导下大跨步地迈进繁荣昌盛！"会计师总结道。

那条狗伸出了舌头。

"也许它只是一个挑衅者，而不是一个控制者？"我对书记员耳语。

"小点声，否则它会听到。"他压低声说完，转向顾问，以优美的低音娓娓道来，"有一个人来找我，居然想对我行贿，你能相信吗？好吧，我就狠狠扇了他一耳光。我知道不应该动手打人，但我实在是忍无可忍。想贿赂我？呸！门也没有！"

"还在执勤呢。"顾问点了点头。

"而且不接受动物。"会计师在冒险，"还有什么别的茶点吗？雅佳小姐，这些奶酪三明治多少钱一块？"

此时，不知是谁在市场上吹了一声口哨，这条狗就噌地一下蹿了出去。我们冲到窗前。在市场中央，在月光之下，一人一狗正渐行渐远：一个拄着白色盲杖、戴着墨镜的人，脚下是那条吓死人的狗。

"原来是给瞎子配的导盲犬，"会计师说，"我们明天踢它。"

蘑菇

头儿把我叫了过去。

"我有一项任务要交给你。为了迎接检查，我们将为检查员组织一场俭朴的招待会。喝一杯同事之间的小酒，你懂的。"

"您的意思是，喝上半升纯伏特加就够了？"

"别那么夸张，也就是半升或者四分之一升，再来点下酒小菜。蘑菇什么的，最好是松乳菇。"

我能把事办得干干净净、漂漂亮亮，又合乎手续。我去了一家国有商店，他们有国有贸易的授权工作人员。可惜这家单位没有松乳菇的货源，我只好如实汇报给头儿：

"没有松乳菇。这家店里只有鞋油和进口的古巴菠萝。鞋油是质量上佳的一流货，菠萝的情况我不大清楚，因为没挂标签。"

"必须得有松乳菇！"头儿喊道，"没有松乳菇，检查员就不会让任何东西进入嘴里，包括体温计。去吧，带松乳菇回来，正如斯巴达人说的那样。"

我找了两天又回来了。

"找到松乳菇了，"我说，"但在一个娘们手上。"

"你疯了吗？我们从社会行动基金中支付招待会的费用，检查员的父母早就已经去世了，所以我们把费用作为照顾职工孤儿的抚养费从账上划出来。但松乳菇的发票必须由国家单位盖章，而娘们是私人的，是一个自然人，不是一个法人单位。娘们排除在外。你可以再去找找。"

我找过了，但徒劳无功，只得再次回到头儿身边，我汇报道：

"要么从娘们那里买，要么干脆别买。"

"那可如何是好？在这种情况下如何是好？"头儿呻吟道。

"我有一个想法不知道妥不妥。我们给这个娘们弄一个'国家强制管理下的娘们'公章，盖在发票上，娘们一签署，我们就搞定了。"

"这个主意不错，但是时间有点短。娘们……什么样的娘们？我们应该编造出一个名字，最好是历史性的。"

"您看，'国家强制管理下的娘们——第四团辖'如何？"

"什么第四团？"

"一八三〇年十一月起义中的一个步兵团。一个非常好的团。"

"很好，这就应该够了。"

第二天，我带着松乳菇和必不可少的发票凯旋。

"看到了没有？"头儿对我赞不绝口，"交办给你的任务，你总能心想事成，松乳菇也有了，那个娘们也被提升到更高的社会层次了。咦，为什么这么贵呢?!"

"因为，现在这个娘们说，还得有行政管理费用，所以价格就翻了两倍。"

　　这个娘们怎么变得如此强硬？

电梯

头儿把我们召集在一起，宣布：

"先生们！重要投资啊，要给我们安装一部电梯啦。"

起初，我们很惊讶，因为我们这座建筑只有一层。

"真是难啊，"头儿感叹道，"现代化无可阻挡，躲都躲不开。我叫你们过来是为了集思广益，共同探讨一下如何解决这个问题。"

我们各抒己见，最终想出了一个主意。一个电工过来，按照我们的计划设置了电梯，轻松摆平。

然后，我们雇了一个杂工，他站在一楼，确保每个进入建筑的人都先乘电梯下行至地下室，之后上行到一楼再出来。而任何离开建筑的人，则需先上行到阁楼，再下行到一楼出门。

一切井井有条。直到有一天，接到了上级下达的命令：为了节约使用电梯，只允许往上开，下楼则必须步行。

事情变得有点复杂了。现在，任何想进入建筑的人都必须首先步入地下室，在那里等待电梯，然后才能去一楼。而任何想出门的人，都有权乘电梯到阁楼，但必须靠双脚走楼梯到一楼。

即使这样也没什么，但接下来的问题才让大家感到紧张。因为有一个附件规定：只有单位领导、孕妇、残疾人和获得银质及以上奖章的人员才可以享受乘坐电梯上行的待遇。

　　实在是太糟糕了，我们的全体女员工中竟然没有一个符合第二条所述的资格，因此我们向她们发出了热切的呼吁。获得奖章的更是一个也没有，至于残疾人，会计师那里倒是有材料，但他藏了起来。所以只有头儿一个人必须亲自乘电梯。恐怕只有到电梯完全坏掉时，这个问题才会消失。

　　不幸的是，我们已经习惯于乘坐电梯，一时间感到很不适应。而且，走楼梯真的很累。

不要让活着的人失去希望……

我们都坐在饭馆里，思考着如何振兴国家经济。

"让我们建一座游乐园吧，"书记员建议道，"肯定能带来收入。"

"主意不错，但难以执行。"会计师表示反对，"我们倒是有场地，但里面安排什么游乐项目呢？"

"我们可以展示食火者，或一个长胡子的女人。"书记员异想天开地说。

"当然，火可以强行吞下去，但一个长胡子的女人？你倒是给我找一个来？"

"那我们就找一个长胡子的老大爷，反正他不刮胡子。考虑到青年们的道德感，老人爷甚至比女人更合适。"

"一个长胡子的老大爷是没有吸引力的。"

我们感到沮丧。

"我有主意了！"书记员又活了过来，"科学的奥秘、20世纪的未知现象、没穿胸罩的女人！"

"生意好不了，"出纳说，"竞争太多了。我觉得还不如弄一个哈哈桶。"

"什么玩意儿？"

"没有比这更简单的了。让顾客进入酒桶内，工作人员在他的腋下挠痒痒，直到顾客笑起来。"

"如果他不怕痒，甚至不爱笑怎么办？"

"他不笑也得笑，因为有两个公职人员在旁边站着呢。"

"唉……"书记员听了直撇嘴，不满地说，"毫无新意。古希腊人已经在桶上做过了。我们需要的是热门歌曲和本民族的、众所熟知的、喜闻乐见的……"

"有了！"会计师喊道，"肚皮舞！"

"肚皮舞来自中东，"书记员指出，"那里有盘根错节的复杂政治问题，所以最好别碰肚皮舞。此外，肚皮舞与我们的民族艺术简直是八竿子打不着。"

"这取决于你具体跳什么舞。我的意思是跳克拉科夫舞或波罗乃兹舞，只不过露着肚皮。"

"一派胡言，跳克拉科夫舞，你必须随着节拍跺脚，这一脚又不能跺到肚皮上去，而波罗乃兹舞则需要成双成对地跳。在公共场合露着肚皮跳波罗乃兹舞成何体统，想都别想。"

令人沮丧的沉默。这个不可救药的馊主意似乎也只能让它无疾而终。

"我有一个想法……"会计师谨慎地开口，"但……不知当讲不当讲？"

"当讲，当讲，千万别失去希望！"我们异口同声地鼓励他，"你的建议是什么？"

"咱们再多喝两杯吧!"

这项提案被一致通过。事实证明,每一个哪怕是最困难的局面都会找到解决办法。

挤奶

"先生们!"头儿说,"我们要下乡了!结合上级传达的精神,我们要搞一个'农业教育周',以帮助村民推广现代化养殖和栽培方法。大家有什么建议?"

"也许我们可以给他们展示如何挤奶?"会计师建议道,"我听说世界上已经有了现代化的电动挤奶机,如果能给他们做个示范,将非常有价值。但到哪里去买电动挤奶机呢?"

最终,我们决定把打字员卡兹亚小姐带上,给她接上电,让她带电挤奶。

我们说走就走。带队的是头儿和卡兹亚小姐。终于抵达了一座农场,我们进村后,头儿开门见山地问道:

"你们这里有长犄角的牲口吗?"

"有啊!"村民回答。

"你们这里有电吗?"

"也有啊!"

"那就赶快给我们牵过来一头长犄角的畜生,而且要牵到能接电的地方,我们将向你们展示如何以现代化的方式,在电力驱动下给它挤奶。"

他们随即牵过来一头畜生,个头还真不小。农民们纷纷聚集在一起，想看看会出现什么稀罕事。我们把卡兹亚小姐摆放在一张凳子上，为她连接好电线，插上插头。

"现在我将打开电源，"头儿说，"注意！我一通电，这位女士就能开始挤奶。"

说完，他通了电。但卡兹亚小姐被电得一阵狂颤，手舞足蹈之下，挤奶工作没能正常开始。农民们看得直点头。

"电压太高了，"头儿说，"或者卡兹亚小姐的额定伏特数不对。要是有个变压器就好了。"

可惜没有变压器，卡兹亚小姐也触电了。与此同时，我们的威信正在慢慢地丧失，再过一会儿，恐怕农民们就再也不会相信所谓的现代化方法了。

"出了一个临性时的设备故障，"头儿解释说，"但这并不重要，我将展示给你们看，如何实现快速挤奶。"

他卷起袖子，亲自在一张凳子上坐下。农民们都惊呆了，因为头儿确实挤得非常好。尽管如此，还是没有任何结果。

"断奶了？还是怎么回事？"头儿也很诧异，擦了擦额上涔涔汗水。

此时，一个老农民清了清嗓子，脚底下一阵倒腾，最后羞赧地说道：

"那个啥，老爷，那畜生是一头公牛！"

"哦，我很抱歉。"头儿说着，连忙停下了手里的活计。

我们返回城里，一路上，大家都一声不吭。看来一切都取决于被挤的对象。

工厂里的猪

当局向公众呼吁，希望将肉猪的养殖提升到一个更高的水平。所以我们买了一头猪，把它养在门房里。

很快，我们发现，如果没有食物，这头猪活不了太久。头儿向我们呼吁，希望我们与猪分享自己的食物，从带到办公室的第二顿午餐里匀一点给它。

从那时起，每个人都慷慨地把自己的饭菜和饮品分给它。尽管如此，这头猪的健康状况还是在我们眼皮底下每况愈下。

我们请来一位兽医，他检查过后宣布：

"这是谵妄症。让它少喝点儿吧。"

但当动物用恳求的眼神，眼巴巴望着你时，你怎么忍心只顾自己吃喝呢？

最后，猪一命呜呼。

主要是它的生活太好了。

良好的睡眠

我厌倦了自己所在的这座小城和城中的市场，厌倦了整天与头儿、会计师和书记员混迹的饭馆。我对自己写的一切都感到恶心，总是一成不变。而此外的任何人与事，我都一无所知。

地球围绕着自己的轴旋转，我亦如是。只不过我的轴小得可怜，不管如何旋转，围着我的也都是头儿、会计师、书记员……

嘿，我想飞到一个遥远的世界，远离他们。可如何实现呢？

如果，我可以悬停在地球上空…… 然后地球绕着它的轴自转，我脚下的地方也就会跟着发生变化。一旦我发现转到了自己喜欢的地方，就会降落下来，顺利抵达异国他乡。

但问题接踵而至：如何确保在空中悬停的时间足够长？因为地球的自转速度十分缓慢。

是不是可以化整为零？也就是说，不去考虑在地球上空进行一次性的长时间滞空，而是高频次地实现短暂悬停，反复不休，积少成多，效果将是等同的。

所以我决定跳。

星期六晚上，我去饭馆和头儿、会计师、书记员告别，准确地说，是与他们永别，当然，我并没有流露出永别的意味。告别仪式被拖得无比冗长，导致出发时间被推迟到星期一。没问题，反正星期一的地球也在自转。

鉴于随身携带行李的必要性，我只把那些最为不可或缺的东西装进了旅行箱。身上穿的衣服也很轻便，因为地球会带给我不同的气候，我会选择比这里更温暖的地方降落，甚至打定了主意，非掉在加利福尼亚州不可。

我静静地锁上了房门，走到杂草丛生的花园中。夜幕已经降临。我一把拎起旅行箱的提手，再次回眸瞥了一眼我的故乡，可惜一片黑暗中什么也看不见。此时此地，我完成了自己的初跳。

风向十分理想，从东边吹拂而来，这意味着每跳一次，风就能把我向西边推远一点。地球自西向东旋转，所以每一缕风都增益了我相对于地球的位移。为了加强跳跃的反弹力，我特地在脚上穿了一双运动鞋。

大约跳了一个小时后，我感到有些疲累。为了分散注意力，我在脑海中回忆起从电视中了解到的世界各地风景名胜。午夜时分，我吃了些煮鸡蛋，这些食物在旅途中可是找不到的。肚子渐饱，困意袭来。

空间的法则是大一统的，并不关心一个人是站着跳还是躺着跳。于是我停止了跳跃，转身回家。邀天之幸，我的房子还没有被地球旋转到太远，我毫不费力地找到了家门。然而，我没有像以往那样睡在床上，而是在沙发上躺下来。沙发里弹簧的弹性可比床垫强多了。我移动了沙发的位置，让它处在正对着大门东方的一条直线上，大门也早已被我敞开。我的全部操作都在指南针的精确辅助下完成。

我躺在沙发上，把箱子放在胸前。我希望即使我睡着了，沙发上的弹簧也能自然而然地把我弹起来。毕竟，每个人在睡觉时都会翻身，无论是仰卧到侧卧，侧卧到俯卧，还是从左侧卧翻到右侧卧，剩下的就交给沙发的弹簧了。我在睡梦中会穿过大门，或者更准确地说，大门会迎面而来，门洞从我身上跨越而过。带着这样的想法，我进入了梦乡。

我在黎明时分醒来，发现自己仍然躺在沙发上，仍然在房子里。这到底是怎么回事？

我解出了这个谜题的答案。看来，我完全是咎由自取，我的睡眠太好了，睡得太死了，根本没有翻身，所以沙发也就无从把我弹起来。

我走出门来到饭馆，问候了头儿、会计师和书记员。当夜幕再次降临时，我又去找他们进行一次告别。此后的每一个夜晚，我都会踏上自己漫长而不可逆转的旅程。唉，我睡得太死了。

我所需要的仅仅是一点辗转反侧。

关于古代的争议

　　我们谈到了头儿。会计师宣称，头儿这个词古已有之，当时叫作"普莱苏斯"。

　　"不是普莱苏斯，而是克莱苏斯。"书记员试图纠正他。

　　"我说的才对，就是普莱苏斯，敢不敢跟我打个赌？"

　　他们俩决定打赌，谁输了谁就结账。但是如何判断谁对谁错呢？到目前为止，他们已经通过讨论来尝试。

　　"不是克……克……克……妈的……克莱苏斯，"会计师辩解，他开始觉到发音遇到点障碍，"就是普莱苏斯！"

　　"什么普……普……屁的……普莱苏斯，明明是克……克……克……克莱苏斯。"书记员争辩道，他也开始有些捋不直舌头了。

　　"我跟你说，约瑟夫，是……是……是……普鲁士。"

　　"普……普……普鲁克斯吗？对，就是这个。"

　　讨论继续进行，但保证不了能出结果。夜色已深沉，餐馆要打烊，必须结账了，而最终谁来结账的问题还在纠缠不清。顾问决定给科学院打个电话问问。

　　侍者叫了一个到首都的长途电话。接通这个电话颇费了一些时间，终于接通了总机并给转接到科学院的时候，已经时过午夜。

"喂?"顾问拿着听筒说道,"我们单位是在荷希奇……在荷希奇……荷希奇普夫……算了,不说这个了,总之,你是科学院吗?你能不能给我们最准缺……最准切……最准……确的答案……能告诉我们在古尸…… 古失火……古狮吼……在古代,头儿这个词怎么说吗?"

显然,答案很简短。因为顾问立即挂了电话。

"乡巴佬。"他厌恶地说道。

我们怀疑,科学院接电话的那个人,是值夜班的保安。

冬季疾病

我们像往常一样在饭馆见面，时值二月中旬的大霜冻期间。

仓库管理员说："我最近一直感到不太舒服。现在看到的不是正常的小白鼠，而是白熊。我想一定是霜冻惹的祸。"

我们认为，他应该只喝加热的啤酒。一切取决于温度。如果他坚持喝热啤酒的话，白熊应该会隐退。

他倒是从善如流，乖乖采纳了我们的建议。第二天我们见到他时，问他小白鼠是否回来了。

"我都不知道该怎么说了，"他抱怨道，"白熊倒是不见了，但是换成了鹦鹉，完全像在非洲一样。我已经监管不了它们了。"

我们得出的结论是啤酒太热了。诚然，热啤酒对赶走白熊有所帮助，但又误入了另一条歧途，带着鹦鹉离开了热带国家。

绝不能把他扔在那里听之任之。尤其是霜冻尚未消除，我们担心他又会看到熊。

"要不然，你试试别脱大衣，"我们说，"你穿着羊皮大衣站在自助餐桌前，喝不加热的常温啤酒。看看能不能解决问题。"

第三天，我们问他效果如何。

"现在更糟糕了，别提我的小白鼠了，连一根毛都看不到，眼里满是白熊，熊身上还站着很多鹦鹉。我觉得吧，鹦鹉可能来自羊皮大衣，因为我站在自助餐桌旁的时候热得要命，而白熊源于受凉，因为我出门后走到冰天雪地里，被寒风吹得直打哆嗦。"他说。

我们安慰他说，你就知足吧，又不是最糟糕的情况。比如说看到一只鹦鹉身上站着很多白熊，你怎么办。

顺便说一句，现在解决方案不尽如人意。恐怕也没有更好的建议了，只能等春天来临。

特工队

头儿把我们召集起来，说道：

"我们必须清理'未完成事务档案室'了。谁愿意自告奋勇？"

没有一个人挺身而出。

"我已经有约在先了。秘书可以去。"

"我家里有老婆孩子，拖家带口的……"秘书低声说。

"会计师，你呢？"

"我也不行啊，我已经请好了病假，甚至五一节游行都不能参加。"

"实习生，你行吗？"

实习生扑倒在地，一把抱住了头儿的膝盖。

"您不要对我这样啊！"他一把鼻涕一把泪地说道，"我这么年轻，还有好多年可活呢。"

的确，这是对一个年轻生命的浪费。此时，一个办公室文员在角落里突然开口：

"我的未婚妻昨天弃我而去，我已了无牵挂。"

说罢毅然离场。他带上一个保温瓶和三天的干粮，在我们的带领下慷慨奔赴"未完成事务档案室"门口。我们依依惜别，互道珍重。

　　起初，大家还能看到他慢慢地爬上文件堆成的山峰。一份份文件在他脚下滑落，他仍然向前推进，不屈不挠。

　　第二天，看门人通过钥匙孔看到，他挂在一条登山索上，攀附在文件山的峭壁旁，还在聚精会神地整理着什么。

　　第三天，他的身影消失了。恐怕是去进行更深入的探险。

　　第六天，远处响起了轰隆隆的雷声。经验丰富的老看门人认为，恐怕文员是遭遇了山体滑坡——他不慎站在一处悬崖下，悬崖断裂，砸到了他身上。

　　我们也想组织一次救援远征。但不知何故，从一个星期拖到了下一个星期，直到最后，我们把救援抢险的事务放进一个文件夹中，顺着屋顶的通风口扔进了"未完成事务档案室"。

流氓无赖

看门人走过来对我说:

"一位陌生的顾客正坐在接待室里。他既没有要求面见头儿,也没有抱怨我们对他要处理的事爱搭不理,磨磨蹭蹭。我该怎么办?"

"他已经等了很久吗?"我问。

"快两个小时了,老老实实地。"

"让他再等一个小时吧,也许就会生气了。"

一个小时后,看门人又来了,他的手在颤抖。

"这种情况史无先例,"看门人说,"他一直静静地坐着,已经把报纸翻来覆去看了三遍,他还彬彬有礼,礼貌得简直令人发指!"

闻言,我独自去了接待室。确实有一个人坐在那里,正透过窗户向外打量,面带微笑。所以我便装作什么都没发生过一样,跟他攀谈起来。

"让您久等了,是吗?"

"没事儿。"他大大咧咧地回答。

我一下子被激怒了。

"你是来找头儿的,是吗?有重要的事,是吗?"

"小事一桩，不足挂齿。"他说。

我浑身不自在，赶忙跑去向头儿汇报。头儿下令带他进来说话。

他有点不情不愿，还想抗拒，但我和看门人也不是吃素的，合力把他挟在腋下，硬生生拖进了办公室。头儿猛地转身面向他。

"你没看到我很忙吗?"

"那我就再等一会儿呗。"他吊儿郎当地回答，说完转身就想走。

"站住!"头儿喊道，"把你的申请递上来。"

"不急，晚点再说行不行?"他厚颜无耻地回答。

"不能再晚了!"头儿怒道，脸色涨得通红，"要么你马上递交申请，要么我马上为你处理好一切，不需要任何申请!"

那家伙向窗外看了一眼，说道:

"下次再说吧，因为雨总算停了。其实我是来躲雨的，想等雨过天晴再走。再见啦，先生们!"

说完就扬长而去，这个浑蛋!

耍蛇者说

会计师有一次在饭馆里说，印度人会念咒耍蛇。

"这算什么本事？"站在旁边一直听着我们闲聊的服务员约齐奥插嘴说。

"怎么不算本事？"会计师愤愤不平道，"难道你也会，是吗？"

"当然了，对我来说小菜一碟。他们还能比我更强？不信的话，您给我找一条蛇来试试。"

"我到哪里给你找蛇去？药剂师倒是有一条泡在酒里，但我们要的必须是一条活的，而不是罐子里的死蛇。"

"实在没有的话，哪怕找一条软管也可以，"约齐奥吹嘘道，"我可以给你们露一手。"

然后，我们想起来，出纳的儿子养了一条草蛇。尽管时间已晚，我们还是跑了一趟。直到装有爬行动物的笼子摆放在自助餐台上，约齐奥在我们前面登台亮相，我们也在他旁边围了一圈，而那条草蛇蜷在干稻草窝里睡得正香。

"那就开始吧，约齐奥！"会计师发号施令。

"你真是这样、那样……"约齐奥对蛇娓娓道来。

"脏话说得挺麻利。"我们低声赞叹。

约齐奥的词汇量丰富得令人咋舌。但那条蛇纹丝不动。

"也许它没有母亲?"我说出了自己的猜测。

"你妈的这个、那个、这个、那个!"受到启发的约齐奥接过了咒语的话茬。

"竟然一点反应也没有。"会计师确认道,"这龟儿子。"

约齐奥涨红了脸,一把扯下了外套,往肺里深深吸了一口气,一连串高深莫测的字眼脱口而出:

"你,我会让你这样、那样,这样、那样,这样、那样,这样、那样!"

蛇仍然在平静地睡觉。我们为约齐奥感到遗憾。他对咒语的了解不亚于任何人,并且已经在竭尽全力地口吐芬芳了。

任他咒语连绵不绝,依旧无济于事,尽管看得出他浸淫此道颇久,今天只是厚积薄发,牛刀小试。一个小时后,约齐奥已是疲惫不堪,欲哭无泪。我们在一旁拾遗补阙,试图提醒他没能记住的东西,这不再是约齐奥一个人的事,已经事关我们对印度人的荣誉。可惜于事无补,最终我们全体败下阵来。

约齐奥完全崩溃了。从此,他不再使用这些语素,并当上了幼儿园的园长。

但你能确定他真的崩溃了吗?显然,他在利用休息日孜孜不倦地学习梵文。

身份鉴别

有一次，我去了一家名声不太好的单位，我的初心是给年轻人树立一个反面典型。所以我站在吧台前，虚与委蛇了一番。

突然，我发现了一个高度疑似头儿的人坐在一张桌子旁，身边还有一位女士。当他看到我时，慌忙站起身来，匆匆朝厕所方向走去。

到底是不是头儿？应该不可能是头儿吧，因为那位女士不是头儿的妻子，但另一方面，这样的相似性又不由得让人浮想联翩……

我跟过去，想一探究竟。进了厕所，却发现空无一人，于是我敲了敲马桶隔间的门。

"谁呀？"过了一会儿，里面蹲着的人开口了。

"我啊。"

"什么我啊？"

"就是我啊。头儿先生，您连我都不认识了吗？"

"这里没有什么头儿，只有一个普通工人。"

与此同时，我身后已经排起了长队。

"我们必须破门而入，"他们说，"里面的人肯定出事了。"

"也许他上吊自杀了?"

"我根本没有上吊!"我们听到里面传出了声音,"我热爱生活!"

"那就快点出来吧!"

但他还是一直占着茅坑不出来。

"嘿,一……二……三……"人们喊着号子,准备合力推开门。

"我会出来的,"里面的声音说,"但条件是所有人都要在大厅里等候,除了排在第一个的那位。"

"所以头儿先生还是认出了我!"我暗自欣喜。

"谁上吊自杀了?"新来的客人四处打听,管弦乐队也停止了演奏。

所有人都出去了,只有我留下来。门开了,头儿出现在我面前。

"快!快!快站到我的位置上来。"

"刚才我只是想跟头儿先生打个招呼。尊夫人别来无恙?"

"你到底进不进来?"

我怎么能拒绝自己的领导呢,于是我进入了小隔间。

"先生们,快来呀!"我听到了一个声音,确切地说,是头儿的声音,"他还赖在那儿呢,把他带走吧!"

他们就把我带走了。

好吧,毕竟他是头儿。

组织者

有一次，有两位陌生的先生来找头儿，向他介绍了一个策划。

"我们筹划组织一场以'工作和斗争中的头儿先生'为主题的巡回展览。为此，我们正在收集适当的素材。我们希望得到各种能体现头儿先生日常生活的物品作为展品，也就是说，属于您的一些私人小物件。如果头儿先生能提供，比如说，您的钢笔之类的，我们将不胜感激。"

头儿当即把自己的钢笔和鞋带送给他们。这两位先生代表社会向他表示了感谢，然后告辞离去。但他们第二天再度登门。

"有一个项目，"他们说，"旨在把这场一次性的展览变成一座永久性的博物馆。后人应该知道我们的头儿是如何生活、工作的。我们已经批下来场地，但还需要更多的展品。所以，如果头儿先生能给我们一件大衣，就可以用来…… 当然一顶帽子也可以，我们会陈列在展示柜里。"

头儿二话没说，便给了他们一件穿过的大衣和一双棕色皮鞋。两位先生代表博物馆衷心致谢后就离开了。然而，他们没过几天又三度造访。

"博物馆正在扩建。我们还想开设一个涉猎更广泛的展厅，名为'头儿先生视察公共机构'。在这里，我们打算将头儿先生真人大小的蜡像展示出来，蜡像的选材完全参考了您在邮局柜台上换五百兹罗提钞票时的场景。因此我们很想收藏属于头儿先生的五百兹罗提真钞，因为我们尽可能地关注了展品的历史真实性，力求做到高度还原。"

　　他们顺利地从头儿那里得到了五百兹罗提现金，随即起身告辞。

　　晚上，我们在饭馆里碰到了他们。一个身穿头儿的大衣，另一个脚踏头儿的棕色皮鞋。

　　那支钢笔确实在展示柜里，我是在市场旁的一家寄售商店中看到的。他们俩也确实有个地方，虽然只是三等房，但每天都营业到凌晨一点，周日和节假日也开门。

道德品行

我们讨论了在人生道路上性格的优点与取得的成就这两者之间的关系。

顾问发言：“比如我吧，为了攒钱给家里盖座小房子，戒掉了抽烟的恶习。于是，我今天已经拥有了一座漂亮的带花园的独栋房子。只需一点儿坚强的意志和毅力就足够了。”

书记员说：“我同意您说的，先生。但是节约和坚韧并不是全部。就拿我的例子来说吧！每天，我在办公室下班之后，还额外做点编织的活。这不仅是为了挣点钱，还为了践行我的原则——不能无所事事，虚度光阴。先生们觉得如何？在我从事编织副业一段时间之后，挣到了一辆漂亮的丰田汽车，先生们已经看到，就停在房子前面，那是我的汽车。因此，我想说的是，在通往成功的道路上，除了顾问先生强调的自我节制之外，勤劳也是非常重要的因素。”

头儿说道：“至于我，我从来不抽烟，因此很遗憾我也无从戒烟，而且我也没有做手工活的才能。但除了性格的优点之外，是否还要考虑心灵的优点？在一个淫雨霏霏的秋天，我在路上碰到了两只绿色的青蛙，我正要熟视无睹地从它们身边走过时，它们竟然对我口吐人言：‘我们好冷，抱抱我们吧。'我被它们悲惨的命运所打动，起了恻隐之心，接受了请求，把它们带回我简陋的茅屋，给它们取暖。结果令我惊讶的事发生了，这两只绿色的小青蛙，一只变成了一座能住下一大家子人的豪宅，另一只变成了一辆奔驰车。"

"您依旧留着它们吗?"顾问和书记员都喊道。

"那我能怎么处理它们? 我总不能把它们赶走吧，只因为它们改变了形象? 这是不人道的。"

"先生，您呢，我的同事?"顾问对助理问道，助理一直还没有开口。

"哦，我就是通常的做法: 连哄带骗、弄虚作假、有时还小偷小摸，就这样还挺管用。"

"可恶!"大家齐声喊道。过了一会儿头儿问道:

"偷了什么?"

"也没什么，只是足够我给孩子买了架直升机。"

"真的?"

"当然，超级眼镜蛇牌的。"

我们厌恶地离开他。不但偷，还撒谎!

展览

在市场旁的一家照相馆里举办了一场图片展，题为"在我们成就的源头"。参展作品中有一张头儿在幼儿园时期的照片，年幼的头儿赤身裸体，肚皮朝天，躺在一张虎皮上。

展览开幕后的第二天，头儿把我叫过去，询问公众的反响如何。

"他们说这是一个令人愉快的孩子，都想拿起来仔细观看。"

"看来，整体而言还不错，那么细节方面呢，他们都怎么说？"

"小腿胖乎乎的……"

"还有呢？"

"小小的眯缝眼，但看起来是多么的可爱啊！还有小手儿，小脊梁！"

"小肚皮呢？"

"小肚皮？那还用说，同样可爱。"

"很好。但其他的呢？"

"您的意思是？"

头儿喝了一口水。

"嗯，其余的部分。脖子或者其他什么的……"

"其余的…… 就像其余的一样。十分协调。"

"好吧，你可以走了。"头儿说。但我可以看出，一定有什么东西在困扰他。

一大群人把展览现场围得水泄不通。每个人都想看看头儿这张照片。一个星期后，头儿再次把我叫去。

"办公室里的人都怎么说？"

"是的，书记员说，头儿先生有……"

"其他人呢？"

"其他人全部同意他的观点。"

"你不觉得应该做些什么吗？这些宣扬成就的图片文献固然是好的，但另一方面来说，没穿衣服的我……"

"那个……人民群众已经看到太多东西了。"

第二天，头儿下令对照片进行修版，加上了一条短裤。

参观的客流量断崖式下跌。

决议

决议涉及：除雪。

我们，以下各位签字人，连同头儿一起，在召开的关于覆盖在我们城市的雪的特别会议上，通过了如下决议：

第一条：在问题解决之前不进行其他脑力工作，开动脑筋、全力以赴打好除雪攻坚战。

第二条：在人民中，尤其在青年中采取广泛的行动来普及有关雪的危害意识。

第三条：揪出那些以不恰当和有害的方式颂扬下雪的歌曲和诗篇，包括但不限于以下作品——《雪如绒毛拖尾长裙般向四周展现自己的魔力》和《下雪，下雪》。

第四条：坚决反对用铲子来除雪的落后倾向，因为这是封建社会的糟粕，不但不符合我们的世界观，还使人民付出了艰辛的劳动。取而代之地请参照第一条（念作壹）。鉴于因纽特人是处理与雪相关事务的指导者，我们为因纽特人就地提供积雪，以及皮草的保养与清洗服务。鉴于外汇储备不足，因此我们建议，因纽特人能在不与外国换汇的框架下来访。为回报因纽特人，头儿有义务到因纽特人生活的几个国家或者其他国家回访。

第五条：每个职员有义务在玻璃上仔细清洁出一个大小合适的洞，用于观察因纽特人到底来不来。

第六条：该决议将在融雪后的第一时间即刻报送上级领导机关。（当雪开始融化一点，是被积雪从外面堵住的会议厅的大门可以打开之时。）

（不清晰的签名）

陌生人

头儿点了一份奶油煎鲱鱼，这时旁边有一位顾客说道：

"对不起，是我先点的鲱鱼。"

现场鸦雀无声。头儿也愕然，半晌说不出话来。

"你知道我是谁吗?"过了一会儿，他问道。

"不知道。"

头儿再次无语。

"你真的不知道吗?"他又找回了自己的声音后问道。

"我的确不知道。"

"你想知道吗?"

"我不在乎。"

"你就一点也不……好吧，我给你看看。"

"你什么也不用给我看，因为我不是本地人。"

头儿的态度一下子软化了。

"也许您有一些亲戚在这里，所以我可以给他们看?"

"我在这儿无亲无故。"

"是不是您有什么事情曾经找我解决，但我没解决?"

"没有。"

"也许您这次有什么事情想找我解决呢……"

"我没这打算。"

"先生，拜托您了，请您想出点什么事情来找我帮您解决吧！"

"根本就没有，"陌生人说，"服务员！这条鲱鱼是怎么回事？"

"需要我扇他一耳光吗？"服务员问头儿。

"谢谢你，约齐奥，但我实在是高兴不起来，太憋屈了。"说罢，头儿失声痛哭。

冥界之谜

出纳死了，和他同时消失的还有保险柜里的全部现金。他是个好人，挺可惜，钱也挺可惜。

到底有多少钱呢？我们也不知道。

我们连尸体都没有找到。

如何在没有检察官介入的情况下内部处理呢？我们各抒己见：

"唯有一个办法，"头儿点了一杯啤酒，说道，"我们必须委托审计委员会的两位同事。反正他们总有一天会死，还不如为服务众人而光荣献身。在冥界，他们两个将与死者进行沟通，从而获得指引，然后托梦告诉我。墓碑的费用将从他们的津贴中扣除。"

"为什么是两个？"

"一直都是派两个，互相监督。"

"为什么他们只托梦给头儿？应该托梦给整个班子吧？"

"你们表达出来的不信任正在置我于死地。"头儿说。而事实上，他为自己点的那种液体才是危害他整个肌体的元凶。

检察官随时会来。所以到了这个地步，有必要马上安排一次通灵仪式，召唤那位不幸的同事，让他做出澄清。

我们聚集在自己的餐桌旁，挨着自助餐台。我们——指的是所有同事和一个年迈的灵媒。

"让我们手拉手，形成一个链条，"头儿宣布，"在此之前，你们应该彻底洗净双手，否则精神灵能将无法流通。"

灯光熄灭了，我们每个人都紧紧握住了左右两边同事的手。

"以互助社运动之父卡罗尔·米亚卡的名义……"头儿开始吟诵咒文。

一记清脆的耳光声响起，我们不得不开灯看看。只见头儿正捂着他的脸。原来，不知是哪位吃自助餐客人在黑暗中弹硬币玩，凌空抓取的时候犯了个小错误，鬼使神差地打在了头儿的脸上。

"幸好，他玩的不是开瓶器，"仓库管理员说，"钻头扎出来的伤口最难愈合。"

我们再次握住彼此的手，灯光又熄灭了。

"那么，以……的名义……"头儿喊道，"我召唤你现身，幽灵。"

一团蓝汪汪的幽火显现在自助餐台上方。

"看颜色，是卡巴诺斯雪茄在净馏伏特加里燃烧的火苗，"顾问压低声音说道，"原来亡灵也喜欢这个。"

"幽灵，保险柜里究竟有多少钱？"头儿问道。

一阵敲击桌子的声音响起。"一……二……三……

四……"我们计着数，敲击声慢条斯理。直到凌晨十二点四十五分，我们只数到了三百九十二次敲击。

"哦，我的上帝，"法律顾问叹了口气，"他甚至连乘法表都没学会。我一直说什么来着？他只上到了小学二年级！"

敲击声又持续了几个小时。

"这样下去不会有任何结果，"头儿说，"现在有多少就算多少吧，这不是问题的关键。请幽灵停下来。"

幽灵停止敲击。

"最好是让幽灵直截了当地告诉我们，应该承认多大的数额？"

"一…… 二……三……"

直到公鸡打鸣了，敲击声戛然而止。

"太难了，同事们，"头儿说道，"我希望，检察官是个宗教信徒。"

献身艺术

头儿把我叫进去，问道：

"你的体重是多少？"

"具体重量我不太清楚，有八十几公斤。"

"太胖了。我们要组织一场艺术表演，我妻子要我帮她找个人来跳骷髅舞。"

"跳探戈是不是更好？"

"非骷髅舞不可！我妻子在出访维也纳时欣赏过。一场歌舞剧中有骷髅舞表演，她看了之后非常喜欢。"

"我现在就能跳探戈。"

"骷髅，我说过了！你必须减肥。"

我做出了减肥的承诺，并立即践行了体育原则。啤酒的喝法要做出改变，以后要在自助餐台旁站起来喝，因为久坐不动的生活方式会让人发胖。体育彩票要每周买一次，睡前还得喝一瓶冰水以增强体质。如果我太冷了，就会搬到沙发上睡。就营养而言，需要更低的卡路里和更少的碳水化合物，以及更多的简单膳食，例如猪排和猪肘子之类。

过了一段时间，头儿叫我去检查一下减肥成果。他打量着我，皱起了眉头。

"你现在应该是骨瘦如柴才对，看看你这个滚瓜溜圆的肚皮，你该去跳天鹅湖了，而不是骷髅舞。要么你减掉体重，要么你就试试得罪我的后果。"

　　看起来，他不是在开玩笑。我回到家后开始了全面节食。除了面包和水之外，其他饮食一律戒掉。直到形销骨立之时，我好不容易才把自己拖到了头儿面前，因为我已经非常虚弱了。

　　"是的，真是一副好骨头架子，"头儿说，"但是太晚了。这段时间里，我的妻子已经改了主意。她在访问贝鲁特的时候观赏了肚皮舞表演，让她念念不忘。骷髅舞已经过时了，我们正在排练肚皮舞。"

　　"那我怎么办？"

　　"你恐怕不能胜任，我们要找会计师来跳。他的活体重量有一百一十公斤。"

　　从艺术的角度来看，他是对的。

夏威夷

头儿召集我们开会，他说：

"先生们，我接到一个命令，要从你们中挑选一个人乘坐'巴托里'号远洋客轮去夏威夷出趟差。主要是为了考察夏威夷妇女的情况，以期建立合作关系，并出口我们的梳子。请问，谁愿意做志愿者？"

我们都踊跃报名，身为强化了组织纪律性的公职人员，有任务时我们都会迎难而上，怎能推脱。我们——指的是除了会计师之外的全体人员，单位大了，总会有个别害群之马。

"谢谢大家！"头儿感动地说，"我看到了，这是一个我可以信赖的集体。我明天会对具体人选做出决定。顺便告诉你们，我家里过冬的煤已经运到楼下了，如果你们中有人愿意帮我把煤搬到地下室，我将不胜感激。"

下班后，我告诉同事们，考虑到健康状况，今天就不去饭馆里和他们混了。他们对此深感遗憾，但没人表示反对。实在是体贴。

不过我想，稍微活动一下身子对我的健康有好处，于是就去到了头儿家。当我看到顾问、书记员、秘书和仓库管理员早已在那里抢着铁锹热火朝天地干活时，简直惊呆了。只有会计师一人不在现场。

他们看着我的眼神有些闪烁，但头儿命令他们继续行动，我也赶忙加入其中。毕竟，每个人都有权伸展一下筋骨。

我立刻出了一身汗，但我看到其他人还在继续拼搏，头儿和头儿夫人则坐在阳台上，一边喝茶一边观察。所以我赶紧在自己手心上呸呸吐了两下口水，看看我有多卖力。

顺便说一句，我从来没有想到，顾问竟如此孔武有力。要知道，他年事已高，一把老骨头都快散架了。而这一切就活生生发生在眼前。

"您是不是该稍微休息一下？"我担心地问他，"您的脸色苍白，而且裤子吊带也断了。"

"我吗？"他说，"还是你自己休息一下吧，就别瞎操心了。这对我的肺部有好处。"

他不仅没有休息，还特别大声地唱起了"伏尔加河——伏尔加河"，歌声刚好能让头儿听到，也唱到了在场每一个人的心坎里。

虽然大家都奋战不休，可煤堆实在太大，我们拼搏到深夜，才在皎洁的月光下干完收工。头儿优雅地致谢，我们也动身回家。

"在新鲜空气中干活是多么心旷神怡啊！"书记员打破了沉默，他几乎四肢着地在爬行。

"可不是吗！"顾问点头赞同，"整个人的感觉一下子就不同了。"

当我们经过饭馆时看到了会计师。他独自坐在空空如也的大厅里，正平静地喝着啤酒。可能是冰镇的。

"弱不禁风的病秧子！"书记员轻蔑地哼哼道，"根本不知道体力劳动是多么美好。"

"他没有跟上劳动人民的步伐。"顾问从牙缝里冒出了一句。

第二天，医生禁止我起床，我也没有去办公室。后来才知道，会计师已经出发了。但目的地不是夏威夷，而是去了国内的兹盖日。头儿解释说，夏威夷方面已经取消了合同。

从那时起，我的耳畔就再也听不到夏威夷吉他动人的旋律。突然间，脊背一阵剧痛。

橡树

我们头儿的命名日就要到了。为了纪念这一日子，我们决定种植一棵以他名字命名的橡树。

当子孙后代看到这棵橡树并追忆起我们的头儿时，那将多么美好啊。橡树会吟唱起旧日的时光，那是我们头儿曾经生活的年代。

我们选择了一个绝佳的所在。在市场广场的中央，头儿亲自操起铁锹，挖出了第一铲土。然后是一位位领导，根据他们的等级排序，依次挥铲。我们在坑里种下了一棵树苗，同时也埋下一个一升容量的瓶子，瓶口塞上了软木塞，里面放着一张纸，纸上写着"致头儿——人民"。

第二天，我们像往常一样透过窗户向外张望，看到有一条狗在树苗旁徘徊。它的出现让我们的心忐忑了半个小时，最终这条狗嗅了嗅树苗，亵渎了它。

头儿只是闷哼了一声，命令我们重新回到工作岗位上去。

但是对一条狗来说，又能拿它怎么办呢？所有的窗户都可以看到广场，狗也很舒服，因为它待在了正中心。头儿没有再接待任何人，他从后门离开了办公室。

在此期间，更多的狗甚至从更远的周边地区赶来处理头儿橡树的信件。这也难怪，橡树的位置实在太好了。其实，我自己也想这么做。

橡树一天天茁壮成长，野狗终日里孜孜不倦地进行亵渎，头儿却日渐憔悴，变得消瘦而虚弱。有时，一旦看到那些杂种开始在橡树周围徘徊，头儿就会派看门人过去驱赶。但看门人到达广场时，往往为时已晚。

有一天晚上，我们从饭馆回来时经过市场，看到有个身影在广场上劳作。我们走近一些，躲在灌木丛后想看个究竟。原来是头儿，他正用铲子在小树旁边挖掘，然后从土坑里掏出一个瓶子，打开瓶塞后把它埋了起来，随即悄悄离去。

他一走，我们就开始忙活起来。不一会儿，瓶子又被挖出，我们发现瓶中的纸张是新的。连忙划着一根火柴阅读起来。纸上写着"致人民——头儿"。

"哦，不！"我们说，"不能让头儿这样侮辱我们！"

我们把这张纸条拿掉，换了一张塞进了瓶里，纸上写着："谁也不致——人民——人类。"

瓶子又被埋起，我们把泥土均匀地踩实。

秘密任务

头儿把我叫到办公室，他锁上门，遮严窗户，让我附耳过来，用极低的声音对我说道：

"外面流传着对我的恶意诽谤，说什么我没有完成小学教育。我必须杜绝这种无稽之谈。所以你要去一趟首都，帮我办件事，还得严格保密，对谁也不能泄露半个字。你需要在首都停留几天，每天买一张明信片，填好后寄到我的办公地址。我的想法是，最好让每个人都能读到这些明信片。"

我当然没有异议，只是问了在明信片上该写什么内容。

"这就不用你伤脑筋了。都在这里，我已经把相关文本准备就绪，现在交给你。你所要做的就是把这些内容一条一条誊写在明信片上，都是各类学者对我的个人问候。你知道，首都是国家的科学中心，只要让人们知道我的朋友都是谁，关于我的谣言就会不攻自破。"

于是，我踏上了前往首都的旅程。我非常喜欢首都。一出火车站，我就直奔邮局，买了一张印有市中心美景的明信片，抄下了第一段文字：

"亲爱的老伙计，我们这里每个人都非常想念你，也非常需要你。你最近忙着研究什么呢？请回信告知。签名：科学院院长。"

我寄出了明信片，带着一种履行了责任的释然感，在醒酒中心免费过了一夜。我这么做，是为了给政府节省住酒店的钱。第二天，我才发现那个重要的信封不翼而飞，这对我来说不啻晴天霹雳，因为里面装着头儿交给我的文本。没有办法，我决定自己编写明信片的内容寄给他。尽管工作人员很警惕，我还是成功地从大学图书馆里拿了一本百科全书，并且占据了一张僻静的桌子——就在自助餐台旁，通往厕所的走廊上——以便仔细研读。到了早晨，一张明信片已经写好：

"头儿！我在理论研究上遇到了困难。您能不能拨冗光临寒舍？请向尊夫人转达我的问候。爱因斯坦。"

第四天的明信片上写道：

"要么你，要么我，一个都嫌多。认识到你的优势之后，我还是退休吧。你可以照顾我的草莓了。米丘林。"

这张明信片稍微有点难看，因为有人踩到了我的手，让我在纸上留下了一个污点。

第五天，我想，采用轻快一点的形式可能比较好，于是我用铅笔书写，因为我把钢笔抵押给了服务员。

"亲爱的，我们什么时候再一起搞个发明呢？你口渴的小龙虾——玛丽亚·斯克沃多夫斯卡·居里。后记：我真的很想再喝一杯。"

后记是我一不小心顺笔溜出来的，非官方内容。

第六天，我已经太累了，只寥寥写了几笔：

"你好吗，老牛？哥白尼。"

邮寄明信片的行动就此结束。现在，我正从首都徒步往回赶，因为我实在买不起火车票了，尽管我在集市上卖掉了那本百科全书。一想到与头儿见面的日子越来越临近，我就心情忐忑。

其实，倒也无须过分担心。我给头儿捎来了巴斯德教授的口头问候，他是预防狂犬病疫苗的发明者。所以头儿不应该生气。

送给头儿的巧克力

头儿的命名日即将到来，我们仍然没想好该给他买什么礼物。

"朗姆酒心巧克力行不行？"会计师建议道，"优雅而实用。即使他不喜欢甜食，也会喝掉朗姆酒。"

"我有一个更好的主意，"书记员说，"头儿正在自己盖房，但屋顶防水不太好搞。我建议买一卷油毡纸，用丝带漂漂亮亮地扎起来，由雅佳小姐代表大家给他送去。"

"我才不会用手去拿这种东西！"雅佳小姐不悦道，"油毡纸我不管，让我去送花还差不多。"

"没有油毡纸了。所有的油毡纸都被拿去建设市政府的美术宫。他们只有凝胶纸卖。"

"给头儿送凝胶纸显然不合适。此外，凝胶纸也没有了。他们只卖凝胶，顾客必须自己去解决纸的问题。"

讨论进行了一圈，最终又回到了朗姆酒心巧克力。我们派了一个代表团进城采购，一行人在下午返回。

"朗姆酒心巧克力已经没有了，"他们说，"卖光了，城里只能买到酸奶心巧克力，不含酒精的。"

"不带夹心的纯巧克力呢？"

"也没有。"

"没关系。我们把酸奶夹心抽出来，单独购买朗姆酒，然后注入巧克力中。"

"可惜朗姆酒也没得卖。"

最后，我们给头儿买了半升净馏伏特加和十块奶糖。

即使他不喜欢喝酒，也可以吃奶糖。

调查

灯光突然熄灭，原来是停电了。案件就在黑暗中发生。

"谁喝了我的啤酒?!"灯再次亮起时，头儿怒喝。

沉默。

"也许是从外面进来的人?"雅佳小姐试图让自己冷静下来。一个自助餐女孩无疑是清白的，而作为一名女性，她还有一颗柔软的心。

"没有人想忏悔吗? 很好。那就展开调查吧。雅佳小姐，请再给我一杯啤酒。"

雅佳小姐欣然接受了订单。

"现在我们逐个出去，把灯关掉。顾问先生，你是第一个。"

"我就指望你们了。"顾问说着就走了出去。

"雅佳小姐，请熄灯。"

雅佳小姐应声熄灭了灯。黑暗中的片刻仿若永恒。

"好，开灯!"头儿喊道。

雅佳小姐立即照办。头儿的酒杯中已是空空如也。

"罪犯就在我们中间，"头儿说，"雅佳小姐，再来一杯。会计师先生，请吧，下一个轮到你了。"

"但愿这次没人偷喝了。"会计师嘀咕着出了门。

黑暗，寂静，光明，空杯。

"嫌疑人的圈子已经越来越小。雅佳小姐，我们再来一遍。书记员先生，如果你不介意的话……"

书记员说了声再见，起身便走。

"雅佳小姐，请继续。"

黑暗和恐惧再次降临，片刻后光明重现，证实了新的罪案。此时的桌旁只剩下仓库管理员和我。

"你们二位谁愿意……"

我们两人同时站起身，但仓库管理员给我使了个绊子，害得我又跌回椅子上。

"明天见！"他深深地盯着我的双眼说道，还把手按在我的肩膀上，压得我弯下了腰，椅子也几乎散架，真没有辱没他这一百多公斤的体重。

"真相大白的时刻近在眼前！"头儿说，"雅佳小姐，最后一次。"

"已经没有啤酒了，"雅佳小姐说，"点滴不剩。"

我最终得以全身而退。但我不知道应该感谢雅佳小姐，还是要归功于物资匮乏。

保险起见，我还是给她买了一束花。

博德哈拉蟒蛇

　　四处张贴着博德哈拉蟒蛇的海报，这位撕扯和挤压的大师、著名的大力士艺术家，将莅临我们这里推广体育文化。节目单上宣布了各种数字，其中还提到了用牙齿撕咬番茄汤。我们有点惊讶，因为每个人都能做到这一点。尽管如此，我们还是怀着强烈的好奇心。

　　他中午抵达后，在我们那家饭馆里歇脚，因为演出的时间被安排在晚上。我们望了过去，只见坐在那里的是一个老头，体格还算得上强壮，臀部也相当宽大，但实在看不出有什么异于常人的出奇之处。

　　"看他多么虚弱，"会计师说，"勉强能端起一百克的东西，还洒了不少。"

　　"这并不能证明他身体虚弱，"书记员反驳道，"他洒出来，是因为他的手在颤抖，这很正常，就算颤抖也是用自己的力量来颤抖。我从哪儿读到过，力量不在肌肉，而在腺体。"

　　"但是……他能有什么样的腺体，"会计师坚持道，"也不看看他都多大年纪了。"

　　"年纪大的人经验老到。你从他吃零食的样子就能看出。"

　　于是，我们产生了意见分歧。一派声称，这个陌生人不符合运动员的要求；另一派反唇相讥，说对方缺乏依据。最后，会计师决定以实际行动证明自己的正确性。他走近博德哈拉蟒蛇，在他的耳朵上打了一拳，力道拿捏得不轻不重。而这位实力派艺术家毫无异议地瘫坐在桌子底下。

"我说什么来着？"会计师发出了胜利的呐喊，"就他这样的还叫蟒蛇？顶多算是一条草蛇。"

"你把一个大力士艺术家打成这样，真的好吗？"老头问道，随即从桌子底下爬了出来，"我到这里来推广体育文化，你却照着我的耳朵抡了一拳？"

"你算什么大力士，蟒蛇先生，"会计师回答说，"一个普普通通的业余会计师都能把你撂倒。"

"你太可笑了。谁告诉你我不能被击倒？我到这里来是例行公事的，你明白吗？我是一个国营大力士，不是一个私人的。就像一名会计师，也是为国家工作，而且不懂生活。"

"对不起，"会计师说，"我以为你是一个受过专业技能教育的运动员。"

"我受的专业技能教育是会计师，但我的工作是运动员。现在清楚了吗？"

"当然了！再清楚不过。"会计师说，"你怎么不早说啊？"

他们两人像老朋友一样共同度过了下午的时光。

因为我们的会计师所受的专业技能教育，是马戏团跑堂。

假面舞会

头儿把我叫过去，说：

"我要和妻子去参加一个假面舞会，但我不知该如何装扮，才能让他们认不出我。"

"也许您扮成骑士？骑士那套行头把您遮得严严实实，没有人会认出您是头儿。"

"我也考虑过，但盔甲里太热了，我会流汗。"

"我们可以在盔甲上打一些孔洞，让空气流通。"

"有风险，他们会说我伪装成漏勺。想点别的吧。"

"那么，牛仔如何？"

"我也思考了，但从意识形态上讲，牛仔不是……你知道我有很多敌人。"

"那就哥萨克骑兵，嗯，从世界观上讲，哥萨克骑兵更把牢。"

"说得也对。但我的妻子想扮成绿色的青蛙公主。哥萨克骑兵和一只绿青蛙，行不通。"

我又琢磨了一会儿。

"是不是可以从艺术方面着手？您戴上贝多芬的假面具，问题就解决了。"

"贝多芬是谁？我不认识他。"

"好吧，戴肖邦的。"

"你说的是个好主意，但我去哪儿弄肖邦的那头长发呢？"

"您可以戴上假发。"

"你真是疯了。所有人都会认为我是披头士，而不是肖邦。除非我弹……"

"您会弹钢琴？"

"不会，但我可以弹梳子琴。那是一种来自马佐夫舍省的民间乐器。"

"这就值得怀疑了，肖邦弹梳子琴不太对劲，两者之间没联系。"

我们又绞尽脑汁斟酌了良久。头儿既不想扮作印度土王，也不愿饰演海盗，更不要提化装成小丑了。

"想想有什么抽象的，"他说，"让他们谁也抓不到我把柄的。"

"有了！头儿先生您就装扮成重工业吧！不错，有创意，又有指导意义。而且您具备先天的条件，特别是就体重而言，或扮成友谊的输油管道也可以。"

"简直完美！"他很高兴，"但我的妻子，她该如何处理呢？"

"头儿夫人可以装扮成露天矿或国家电气化。只要拧上一个灯泡，和电池连接起来，让它发亮就妥了。"

"我到哪里去买灯泡……"

我们正处于停滞状态。如今，当肖邦比当电工更容易。

文身

冬末，一位文身专家造访我们小城，三天时间里，他一直在接待顾客，为他们文上了五花八门的图案。年轻人喜欢插图，但我是一个严肃的人，和他们的想法不一样。

"你能文肖像画吗？"

"没问题，"他说，"但男性的肖像画我只文侧脸的。"

"侧脸的不行，得按照片上的文。"我说着，掏出了一张头儿的照片。

他与我讨价还价，说这是一个难度极大的造型，因为人物的双眼中透出了深邃的思想。无奈之下，我付钱了。他在我胸前文出了一幅精美的头儿的头像。

很疼，但一个人为自己的职业生涯付出一点牺牲，又算得了什么呢？我首先向妻子展示，算是做个测试。她赞不绝口，但事实证明，我们必须离婚，因为这个头儿总是逗得她笑。诚然，艺术家是文身师，而非马泰伊科；作品是头儿像，亦非格伦瓦尔德之战。但总有一些相通之处，这才是至关重要的。

现在我只需耐心等待，一旦夏天来临，我就有机会揭示我对头儿的一片赤诚。最好我们一起出现在海滩上。

这个春天异常寒冷。五月和六月匆匆而过，仍不见转暖，连脱掉秋衣都成为奢望，更不要提光着膀子去海滩了。办公室里冰寒彻骨，我即使坐着也要披上大衣，唯一的安慰是，我文身俱备，只欠烈阳。

然而，七月和八月转眼即逝，不觉间已是九月，这里的气温仍然很低。我的耐心终于在十月里被消磨一空。我决然地脱下大衣，走进头儿的办公室。

"不知为什么，我觉得很热，"我说道，"头儿先生，请允许我脱下西装。"

他很惊讶，但没有反对。我把西装搭在椅子上，又随手松开了领带。

"你怎么回事？"头儿问道，"是不是生病了？"

"哪有的事，我只是感觉有点闷。"我一边回答，一边脱下背心和毛衣。

"你发烧了吗？"头儿问道。我可以看到他面色古怪地尽量向远处躲避。

"我？阿嚏！阿嚏！头儿先生，您甚至不知道我有多么结实，堪称大力士！如假包换。您想看我秀一下肌肉吗？"

"等下回再说吧……"

"等什么下回啊，您看我马上就……"

"不！"他喊道，但已经太晚了。

我当时就感冒了，直到现在，我的肺还像个破风箱，在头儿文身的陪伴下折磨我。

我们的地理位置到底出了什么问题？

季节之前

我们都站在吧台前忙着消费这些产品。

"春天来了。"会计师说。

"你怎么知道?"我们惊讶地问道,"现在才是五月中旬。"

"这有何难,通过对大自然的观察:伏特加酒的温度越来越高。"

"的确如此,"书记员梦呓般说道,"……啤酒也越来越热了……嘿,夏天也不远了,该好好考虑一下度假了。你今年准备去哪儿?"

"还没想好……"会计师说,"可能会去'黄金角'。房间正对着大门,当他们把客人从前门扔出去的时候,会产生空气对流,带来令人愉快的凉意。诸位怎么打算?"

"如果说七八月间,我更喜欢去'六之下酒吧'。他们有这样一种点心,如果一只苍蝇爬在上面,就再也飞不起来了。当场倒下,不会再扰人。"

"苍蝇又没有智慧的,"仓库管理员说,"如果是大象,情况就不同了。大象会喝伏特加,但几乎不会碰那些零食点心。"

"你呢,我的同事?"我们问出纳,他正忧郁地凝视着油浸鲱鱼的眼睛，"你打算去哪儿?"

"我要出国，去布里斯托尔。"

我们惊讶地望向他。

"所以你肯定有邀请函了。亲戚给你发的?"

"没有。"

"你是什么意思，在布里斯托尔没有亲戚? 不会吧，比如在衣帽间，或者自助餐工作的?"

"没有。"

"你是说，你在那边没人?"

"没人。"

"那么，也许你是去出差，随团出访?"

"我认识一个人，"书记员回忆道，"他篡改了一个代表团的目的地，把原本的扎加耶改成了夏威夷。但后来被查出来了，没去成，因为他把'夏威夷'拼错了，写成'复威夷'。"

"不，我也不是为了公事，是有点私事。"出纳回答说。

我们进行了无言的交流，彼此心照不宣。然后，尽管我们非常于心不忍，但还是共同谴责了他。我们是对的，因为对保险柜的审计显示有短缺。

我们这样做是为了他好。他为什么要去布里斯托尔，"六之下"或"黄金角"还不够吗? 此外，夏天可能会变得非常炎热，他最好在阴凉处度过。

诗人的纪念碑

我们收到了一笔为亚当·密茨凯维奇建造纪念碑的经费。但由于我们有各种紧急的资金需求，就临时挪用这笔钱，花在了其他用途上。诗人爱他的人民，想必不会介意。

然而，纪念碑揭幕的日期已经迫在眉睫，仪式要在上级主管部门的见证下进行，于是我们聚集在一起开会。

"先生们！"头儿发言，"情况有点尴尬。诗人有过，钱也有过，但纪念碑现在没有。我们该如何是好？"

这是一个麻烦的问题。找到一个基座很容易，把一块大石头放置在广场上就够了。但到哪里去找这个雕像呢？雕像应该是由青铜制成，但我们负担不起。此外，还得雇一个雕塑家，并付给他不菲的工资。

在我们镇上住着一位领养老金的退休老头。我们去找他道明来意，做了一番动员。

"你需要以正确的姿势站在一个基座上，假装密茨凯维奇。这对你来说是一种荣誉，让你与众不同。只要记住，你不能移动一寸，也不能扭动身体，更不能挠痒痒。作为一名退休人员，你有足够的时间，这份工作轻松、愉快，而且在户外可以呼吸新鲜空气，你从我们这里得到的几分钱也会派上用场。"

"就不能躺着吗?"老头问道,"我的腿很软。"

"哪儿来的那么多要求,你应该感到庆幸,好在这不是一座胜利纪念碑,否则你就得假装一个举着军刀的女人,还不戴胸罩。"

揭幕式取得了圆满成功。诗人的雕像栩栩如生。他身披一件长袍,胳膊下夹着书册,一只手持着鹅毛笔,另一只手则指向远方,头上还戴有一个花环。

"很好!"上级主管部门的代表赞不绝口,"非常逼真的现实主义作品。只是脸上的表情让人有些费解。"

一段时间以来,运作得相当顺利。通常,他每天有八个小时站在基座上,当他腿疼时,就坐在对面的酒馆里等待,一旦收到游客或任何陌生人接近的信号,就立即爬上基座,即使他有一点摇晃,旅游团也会认为是风吹的。他每年拥有一次为期四周的休假。每当此时,我们会在基座上挂一块牌子,上面写着"纪念碑正在修缮中"。

但后来,他开始牢骚满腹。

"合同中没有提及关于鸽子的内容,而实际操作中,那群鸽子亵渎了我,站在我头上拉屎。我要求涨工资。"

他得到了加薪,但还是索求无度。

"他们在我身上签字,"老头抱怨道,"如果只是用铅笔或钢笔也就罢了。但昨天有一个人用钉子在我身上刻字,刻的是'兹贝舍克到此一游'。"

我们又给他增加了一笔津贴，即便如此，他依然欲壑难填。要求越来越高，简直是得寸进尺。

"就像密茨凯维奇本人那样，我应该去一趟巴黎，这样我就可以在脸上假装出思念祖国的表情。两周时间就够了。"

我们实在忍无可忍，把他送到了莫斯科。让他思念吧。

滑冰

　　酷暑难耐，骄阳似火。我站在一家私人商店门口，看着橱窗里的吉列牌剃须刀片眼馋不已。我想买外国的剃须刀片，这些进口货真的可以刮胡子。但我不能买，得省着花钱，必须储蓄，因为我的收入不高。如果头儿能给我涨工资，我就无须锱铢必较，可以痛痛快快买下吉列剃须刀片了。

　　如果我向头儿申请预付款，他肯定不会给我，因为师出无名。要是他欠我一个人情，那就另当别论了。比如说，我救了他的命，或者……

　　但是，我哪儿有机会救头儿的命？现在时局平稳，最多也就有个别倒霉鬼掉到火车底下，或者喝了工业酒精而中毒。但是，头儿只开单位的豪华轿车，只喝上等佳酿，又怎么可能跌落火车？

　　等一下，他确实去了海滩，而现在是夏天。让我们假设头儿在海边，下水后抽筋了。然后我见义勇为从海里把他拖上来，头儿就会欠我一个天大的人情。

　　可惜我不会游泳，又怎么能把他拉出水面呢？冬天则是另一回事，因为冬天会结冰。虽然头儿在冬天不游泳，但他可以滑冰啊。考虑到头儿的体重，冰层很有可能在他身下碎裂，我跑过去把头儿拉上来，两条腿都不用沾水。问题是，我从来没有听说过关于头儿滑冰的消息。

他不滑冰，恐怕由于他没有溜冰鞋。如果他有，他肯定会去滑冰，毕竟他不会让自己的溜冰鞋束之高阁。

所以我去了一趟国家体育商店，给头儿买了一双溜冰鞋。趁现在还有货，因为现在是夏天，要是到了冬天肯定没得卖。这笔支出相当大，成本比那些剃须刀片高多了，但想来回报应该不菲，这是一项长线投资。

礼帽

头儿对我们训话：

"再这样下去可不行。你们戴着鸭舌帽，甚至光着头四处乱窜，严重损害了我们单位的权威。我正式通知你们，我已经从代表基金中出资，采购了一顶最高质量的深灰色毛毡礼帽。进城办理公务的工作人员必须戴上这顶帽子，这是个强制性的要求。大家都要文明点，先生们！"

大家都非常喜欢这顶帽子。它被挂在头儿办公室的衣柜里，柜门紧闭，以免沾上灰尘。借用帽子前要到秘书办公室办理手续，写收据，用完归还。衣柜的钥匙在头儿手里攥着。

不过，并非每个人都有同样大小的脑袋。该部门的办事员脑袋比较小，每次他都把报纸塞进帽子垫起来。还有不少人都流露出不满，而抱怨最多的当数书记员，他常说："办事员用过之后总是不把塞的报纸拿出来，此外，他塞的可是公共财产。"头儿还收到了两封匿名信。一封写道："从卫生的角度来看，我有责任举报办事员有头皮屑。"另一封说："我想透露一下，书记员患有脑积水。"

在接下来召开的一次会议上，书记员和办事员的问题在一个更严重的案件面前黯然失色。也就是说，有人看到会计师在进城出差时没有把帽子戴在头上，而是用它来扇风，此举使国库遭受损失，因为他没有按照帽子的既定用途进行使用，而且帽子也没有贬值。会计师试图为自己辩解，说他当时太热了。头儿并不接受这种借口，他说，是的，会计师可以为自己扇风，但要使用私人物品。"这顶帽子是政府财产，"头儿说，"而且只允许在工作时间内，以正确方式使用。"

接下来的周日，我休息一天。正私下里走在街上，沿路四处张望，迎面走过来的是谁？原来是头儿夫妇，他头上正戴着我们那顶具有代表性的深灰色毛毡礼帽。我们擦肩而过，他假装没有看到我。

我想：应该向他鞠躬，还是也假装没有看到他？不向他鞠躬意味着不尊重上级，鞠躬又对帽子不利。

所以我向他鞠躬，但假装没有看到他。

代表

头儿把我叫进去，问我：

"你会玩口袋爆炸吗？"

"我不知道，我从来没试过。"

"没有什么难的，甚至一个孩子都能做到。你拿一个纸袋，给它吹满气，然后手掌用力一拍，砰！就这样。"

"砰？"

"就是发出很大一声炸响。我的意思是说，将会有一批很有文化的客人造访，我必须采取有文化的方式接待他们。我想提供香槟，但我从哪里找香槟去？所以我制订了一个计划：我们买水果酒，你躲在幕布后观察动静。一旦看到我打开瓶子，你就玩一个口袋爆炸，客人们就会认为是在开香槟，你明白了吗？代表。"

我们买了一打果酒和十二公斤盐，因为他们不卖空纸袋。每一瓶酒都得配一次音。

客人到来时，我已经在幕布后面站好了。透过缝隙看去，这帮人确实很有文化。头儿表示欢迎，然后搓了搓手，问道：

"女士们，先生们，喝点香槟如何？"

"从某种意义上讲，好的。"他们回答说。

头儿从柜子里拿出了第一瓶。当然，他之前摘掉了标签。

我给袋子充好气，等待着。头儿拿起一个开瓶器，我在手心里哈了一口气，正要拍击，但突然若有所感，便停下了手，我看到头儿那里似乎遇到了什么麻烦。

"这些法国酒瓶塞，"头儿说，"烂掉了，我再拿一瓶。"

但第二瓶也一样，第三瓶、第四瓶亦是如此。头儿浑身冒汗。

"气体肯定在里面，只是很难把它弹出来。"他说。

"那么，我们为什么不按自己的方式来呢？"其中一位客人羞涩地说，"法国是我们的姐妹，但我们也有我们的特产。例如'西里西亚'伏特加和'马佐夫舍'伏特加……"

"还有'肖邦'伏特加呢？"其中一位客人提醒道，"他们不可能超越'肖邦'。"

情绪变得活跃起来。

"哥白尼！"

"帕德雷夫斯基！"

"而波兰的喜马拉雅山探险队是一条狗吗？"头儿喊道，"打倒那个法国饮料！"

说着，他把一瓶常规的半升装伏特加放在桌子上。

我站在幕布后面，直到深夜，一直在那个隐蔽的地方冷眼旁观，满怀悲愤。难道我是个外国人吗？

最后，在午夜时分，头儿总算想起了我。

"女士们，先生们，请注意！现在要为我们的荣誉而鸣响十二声礼炮。干杯，万岁！"

　　这句话是对我说的，也就是对着幕布说的：

　　"奏鸣吧，伙计！"

　　我一直在等待这个机会。多么生气蓬勃的一个充气口袋啊，我怎么就拍不响呢？连一个都没有拍响。

　　这也难怪，因为所有的口袋上都有洞。这也是法国人的吗？

客人

如每天晚上一样，我们都坐在饭馆里，温馨而惬意。只有一件事让我们感到不快。有一个陌生人坐在自助餐台旁，可能是个游客，他喝着伏特加，行为举止让人看着十分不顺眼。他会把台面弄得一片狼藉，还打碎了台灯，甚至大喊反对国家的禁忌话语。

我们理解，工作结束后，每个人都应该放松一下，所以直到现在，我们什么也没说。但当他往头儿的啤酒中吐口水时，我们通知了服务员约齐奥，把那个人请走。

约齐奥走到客人面前，彬彬有礼地薅住了他的衣襟。客人却对他说："让我看看你的手。"

约齐奥很有礼貌，展示了自己的手，他的手大而有力。客人看着他，惊呼道："什么？你想用这样的手把客人扔出去？你看看，指甲黑乎乎的，手指油腻腻的，整个手掌都没有洗干净。耻辱！这是卫生吗？我会向卫生委员会投诉的！"

约齐奥感到十分困惑，回到我们身边，询问该怎么做。我们也看了看，这双手确实不太……但竟然如此挑剔……

"他脾气暴躁，"头儿说，"一眼就能看出他不是本地人。约齐奥，去洗洗手吧。"

约齐奥去了厨房，回来后再次走到这位客人身边，扯住他的衣领。客人闻了闻，扭过头来说："要么是你的肥皂很奇怪，要么它没有发挥作用。我要提出申诉。"

约齐奥脸色涨红，走到我们身边，我们检查了一下肥皂，确实有股臭味。约齐奥抱怨道："我在汤里洗的手，因为没有热水了。他还想要什么？"

于是，头儿回答说："本来可以去买一瓶'夜之魅'香水，但现在已经太晚了。你必须垫着餐巾纸把他扔出去。约齐奥，拿着你手上最干净的一张餐巾纸，然后过去。"

约齐奥再次走近客人，垫着餐巾纸抓住他，刚把他从椅子上拎起来，客人又对他说了几句。约齐奥把他放回原处，回到我们身边。我们可以看到，他已经快哭了。

"他也不喜欢那张餐巾纸。他说，餐巾纸是用过的。我到哪里去给他买一张新餐巾纸呢？"

"那就用报纸垫着。"头儿建议道。

"垫着报纸就不够优雅了，"约齐奥呻吟道，"我先问问他，也许他会同意。"

但那人还是没有同意。我们为约齐奥感到遗憾，他是个彪形大汉，但站在自助餐台前却哭得像个无助的孩子。我实在看不下去了。

"约齐奥，"我说，"没办法，用叉子把他干掉吧。这样既卫生又优雅，就像在国外一样。"

你还能说什么？那家伙甚至连叉子也不想用，他自己灰溜溜地滚出去了。现在的人，都是些什么人啊！

日常文化

"先生们,"头儿说,"文化教育节即将来临,而你们呢?每天的所作所为都在证实你们没受过教育。只要进入我们的厕所,阅读一下你们写在墙上的东西就足够了。每个词都有拼写错误。从现在开始,我会把一本《波兰语字典》用一条链子挂在马桶旁边。如果你们遇到有什么词不会拼写,就请查查字典。"

头儿无疑是正确的。但很快就出现了客观困难。我们结伴去找头儿。

"这本字典没什么用,"我们说,"那些我们需要的词,在字典里根本查不到。更不用说有个别缺乏社会公德的家伙把字典里的书页撕下来,用于其他用途。"

"如果是这样,"头儿回答,"你们就不应该随便乱写,而应该引用祖国文学的经典著作;毕竟我们有很多伟大的诗人。如果有人觉得诗兴大发,就不应该按自己的想法胡乱编造,而应该引经据典。这样一来,你们就会写得言辞优雅,内容丰富,最重要的是,拼写的正确性将得到有效保证。我会拿掉字典,挂上一本《经典选集》。"

水平确实提高了。木板上方出现了一行名言"拥有一颗心，看看你的心"。在水箱上写着"没有任何奇迹可以让生存的形状恢复存在"。在隔间门上的那句"年轻的朋友们团结起来"写的位置足够低，所以你不必站起身就能读到。确实如头儿所言，文辞优雅，内容丰富，拼写正确。而且没有人再撕掉书页，因为《经典选集》是一本豪华精装版的，纸太硬。

但我们还是缺乏一些东西。独立的创造力受到了限制，从理智上讲，我们也感到并不满足。

所以我们搞了一场募捐，用这些钱买了一本《当代诗歌选集》。这本书纸张软硬适度，引文是这样的，一个人最好不要自己创作，诗人就是诗人，所以你不必自己创作。最重要的是，拼写要毫无瑕疵。

外语

头儿把我们叫进去，说：

"谁会外语，不管是哪一门，只要会，就能获得奖金。那么有谁会？"

"我！"我们齐声大喊。

"一个一个来，先生们，每个人都能轮到。现在，有请会计师先生，你先说吧。"

"我会讲德语。"后者说道。

"为什么一直深藏不露呢？那就请您说几句德语吧。"

会计师紧张到额头上青筋暴起，但还是什么也没说出来。

"来吧，勇敢点。"头儿鼓励他。

"Becukszajn。"会计师说。他年纪已经不小了，即将退休。

"能不能再说两句别的？"

"Auswajs Hande hoch。"他补充道，出了一身汗。

"妥了。"头儿说着，写下了"会计师会说德语"这句后，继续问道："下一个？"

"我会英语。"书记员说。

"我们洗耳恭听。"

"OK。"书记员说完喝了口水，便不再开口，似乎在思考。

"你为什么一言不发？我们可都在等着呢。"

"我刚才不是说了 OK 吗，用英语说的。"

"没准你能多说几句……"

"Video, business, fifty fifty……" 书记员继续说道。

"我会俄语！"仓库管理员打断书记员。

"来吧，说来听听。"

"当我感到有点不好意思的时候，你们懂的…… 就是这样的话…… 我就心里有点乱、脑子发蒙……"

"嗯，好吧。那就以后看情况再说。而你，梅乔先生，为什么不站出来？"

"因为我一门外语都不会。"

"不可能！"

"我是实话实说……"

"至少你会说几句高地人方言？毕竟你去过扎科帕内。"

"也不会。"

"哦，好吧，你可真够对得起自己的。"

头儿在小本本上写下："梅乔不懂任何外语。"

但梅乔先生知道他在做什么。一个月后，他被派往国外任职。

狼群

狂欢节到了，所以我们搞了一场自助餐晚会，吃完又坐了一次雪橇。说到自助餐，酸黄瓜已经变质了，但雪橇之旅十分精彩。且听我细细道来。

我们穿过森林，夜间的寒霜冷彻心脾，天空中繁星闪耀，林莽间白雪皑皑，马具上铃声悦耳，拉橇的马欢快地打着响鼻，我们的心情也轻松愉快。

突然间，一阵嚎叫声响起，不算响亮，但十分清晰。头儿脸色一变。

"似乎有狼群在追赶我们。"头儿说。

我们的心头开始笼罩上不祥的阴云。周围的旷野看起来十分荒凉，又是一声嚎叫响起，这次要更为响亮。

"快点，再快点！"头儿对雪橇夫喊道。

雪橇夫闻言提鞭策马，拉橇的马飞蹄疾驰。但无济于事，嚎叫声再次响起，比上一次愈加响亮。

"先生们！"头儿说，他已是面无人色，脸白得像死尸，"你们中应该有个人进行自我牺牲，以大无畏的精神跳出雪橇，被狼吃掉，这样其他的人就能得救。谁愿意做志愿者？"

没有人挺身而出。

"光荣牺牲的人，我会给他涨工资，并且举行国葬，有人自告奋勇吗？"

"我！"我喊了一嗓子。

每个人都用钦佩和感激的目光看着我。

"葬礼嘛，我就放弃了，狼群会为我举办的。但我希望能立即收到预付款。"

"为什么你现在需要预付款？"头儿感到十分不可思议，"毕竟，你一会儿就会死。"

"没错，但我希望，在我死的时候，能在眼皮底下看到我最珍视的东西，我就死而无憾了。"

"那就请您一边看着一边跳吧！"

"我无法否认，头儿先生，您才是我在这个世界上最珍视的，但您不会在我临终时刻陪伴在身边，而钞票会。除非您和我一起跳下去。"

"哦，不！"头儿哀号着，把钱付给了我。

我和大家依依永别，义无反顾地跳出了雪橇。现在是时候了，因为嚎叫声听起来已经近在咫尺。

我耐心等待，直到渐行渐远的雪橇铃声最终安静下来，我便平静地返回家中。根本不是狼嚎，都怪那些酸黄瓜在我肚子里翻江倒海。

诗人

"先生们！"头儿说，"我们的城市已经诞生了一位伟大的头儿，但还没有诞生一位伟大的诗人。"

"费用太高了，"书记员反对说，"连第一个都供养不起。同事们能不能借点钱给我？"

"您是贝壳里的两栖动物，您翱翔，然后您沉入深海，在浪潮中。我们这里难道没有一个年轻人能够胜任吗？"

"我们有一个实习生，是个多愁善感的小伙子。我们让他去扎科帕内度个假，去杰文特山上坐坐。让他瞭望远方……也许灵感就会在他身上觉醒。"

实习生从扎科帕内回来了，是的，他脸色苍白，眼圈发黑。很明显，身上有什么东西被唤醒了。我们让他为妇女节写一首诗。一周后他带来了自己的作品：

> 我们的妇女万岁
> 她们能顶半边天

"有思想，"头儿说，"可惜太短，请再写长一点。"
但他并没有继续创作。我们觉得应该对他负起责任来。

"我们必须对他进行帮助，"头儿说，"毕竟，我们已经把他从自己娘胎里解救出来了。"

"怎么帮助？写不出来，就是写不出来。"

"显然，他遇到了创作的瓶颈。"

"遭遇瓶颈，是因为我们对他实在是好得过分了，"书记员说，"众所周知，艺术家必须承受苦难，才能产生创作灵感。我准备降低他的月薪。"

"而你又是一个唯物主义者。"

"不是这个意思，减薪可以在精神上伤害他，而且减下来的可以为我加薪。"

"如果他得了肺结核，那就更好了。"会计师说，"结核病对诗人有好处，有不少案例可以证明。"

"倒是可以……"头儿思索着，"但这种病发作太慢，我们时间紧迫，国家正在等着这项工作的成果。我们去找他吧。"他做了决定。

我们发现诗人只是坐在沙发上无所事事，好像不知道自己正在安乐窝里虚度光阴。

"你感觉还好吗？"头儿虚伪地问道。

"谢谢，还不错。"

"我是怎么说的？"书记员发出了胜利的呐喊，"难怪他创作不出来。"

我们把实习生挟在腋下，按在椅子上绑了起来，在他面前的桌子上放了一张白纸，又把一支钢笔塞在他手里。

"我们现在去喝咖啡，你就坐在这里写。我们回来的时候，想必也该写出点东西了。"

一个小时后，我们回来了，纸上空空如也。我实在难以置信，这场危机对他一点触动也没有。

"事情有些棘手，"头儿叹了口气，"我们在他屁股底下放一个大头针吧。"

"还得把嘴封起来，这样他就不会分心了。"书记员补充道。

"不会有什么坏处的，"头儿同意道，"还得让人把他按住，我同时把水灌进他的鼻子里，这样他就思如泉涌了。"

我们出去散步了，一个水壶已经空了，所以我们把蚂蚁收集到水壶里，让这些小家伙在我们回来时钻进他的裤裆。

"他已经开始写了，正在写呢！"我们回来时，书记员在门槛上喊道。

"先生们，这是一个多么美好的时刻，"头儿说，"我们将成为一部杰作诞生的见证者。蚂蚁看来是用不着了。"

诗人确实在奋笔疾书。我们急忙跑到桌边想看看。只见纸上写着：

　　请离我远点……

他没来得及写完，因为头儿从他手中劈手夺过钢笔。

"写得不对，"头儿悲伤地说道，"不是这个主题。而且总的来说，他没有什么才华。"说罢把纸撕得粉碎。

我们按照常规的方法揍了他一顿，放弃了往他的鼻子里灌水、塞蚂蚁和诸如此类的社会公众服务。那些手段根本不值得用来伺候一个庸才写手。

特权组织

"先生们，我们没必要再隐瞒了。我们'光明的未来'互助社就是个犯罪组织。"头儿说。

"从什么时候开始的?"书记员刨根问底。

"从有人举证我们贪污、挪用公款，甚至盗窃公共财产时开始的。也就是说从不久前开始的。"

"如果是这样的话，那我们就该被从重定罪，绳之以法。"书记员同意道。

"确实如此，我们自我批评吧，然后就没事了。"会计师点头认同道。

"这次自我批评是不够的。社会期待从我们这儿看到更激进的处理。"

"那如果我们进行彻底的自我谴责呢?"

"已经做了，但还是不够。现在需要更严厉的处理。我建议，我们要自我解决。"

"比如，把我们抓起来?"

"没什么可担心的。我们会回来的，以'光明的未来'互助社犯罪调查委员会的名义。"

很快，"光明的未来"互助社犯罪调查委员会开始运作起来。那些关于委员会成员拿着比过去职位上更高工资的指控显然是毫无依据的。没有谁比他们更适合做这种调查。

公鸡、狐狸和我

艺术家

公鸡看到了一则广告，上面写着："我们需要动物——马戏团。"

"我要申请，"他说着，折起了报纸，"我想成为一名艺术家。"

他走在路上，脑子里构思着一个伟大的计划。

"我要名利双收，甚至还可能出国。"

"还得回来。"狐狸补充道。

"在国外，我将与米高梅公司签订合同，为什么要回来？"

导演带他去了自己工作的露天舞台。马戏团的帐篷刚刚搭建起来。

"我和狐狸顺便过来看看。"

"您能大驾光临，真是太好了，我能知道您的尊姓大名吗？"

"狮子。"公鸡做了自我介绍。

"狮子？"导演很惊讶，"先生，您确定吗？"

"或者叫我老虎也行。"

"那太好了，请您咆哮一声。"

公鸡扯着脖子声嘶力竭地叫了一嗓子。

"是的，还算不错，但是有比你更好的狮子。如果您同意自己是一只公鸡，那就不同了。那时候我们就可以和您谈谈合作。"

　　"我才不会为了迎合你的快乐，而假装成一只鸟。"公鸡觉得自己被冒犯了。

　　"那就再见吧！"

　　回来的路上，公鸡一声不吭。最后我实在是忍不住了。

　　"你为什么想假扮狮子？"

　　"还能为什么……"狐狸替他回答了问题，"你见过一个没有野心的艺术家吗？"

公鸡、狐狸和我

公鸡、狐狸和我正在森林里散步。

"每次都这样，"公鸡抱怨道，"我和你一起出门的时候总是穿过森林。"

"走哪条路倒是无所谓，"狐狸说，"更糟糕的是，我和你在一起的时候总是觉得很饿。"

"你这是个无耻的典故！"公鸡愤愤不平地说道。

"相反，这个典故很有味道。"狐狸看着公鸡说，还舔了舔嘴唇。

我总结道：

"你们俩说的都有道理。和你们俩走在一起，我一来总是很饿，二来总是走在荒郊野外。"

"难道我不想吃饭吗？"公鸡叫起来，"我愿意吃一匹马，带着蹄子一起吃！"

"嗯，嗯……"狐狸微笑起来。

"还有一件事，不知你有没有注意到，当我们饥寒交迫地出门时，夜晚总能给我们带来惊喜？"

"对啊！"他们异口同声地喊起来，"太阳快要落山了，我们在哪儿过夜！"

"所以一切都很正确。这将是一个新故事的开始。"

"而我已经受够了。"公鸡说。

"但故事还没开始呢。"

"但肯定会有更多的困难和全新的危险摆在我们面前。"

"当然了。这个故事应该很有趣。"

"我一点也不觉得。"

"这个故事不适合你。你只不过是故事中的一个英雄而已。"

"英雄之一……"狐狸插话道。

"英雄？我对事件一点影响也发挥不了，算是哪门子英雄？"

"英雄，就是被命运选中的人。如你所知，命运是不可阻挡的。"

"非常感谢。对我来说，英雄是一只可以随意控制命运的公鸡。"

"你有白化病。"狐狸插话说。

"我不能强迫你接受我对英雄的定义。那你到底觉得自己是什么？"

"奴隶！我们这些所谓的英雄，就是奴隶。受人摆布，我们什么也决定不了。我们被置于最愚蠢的情节中，用来宣扬我们一点也不认同的道德。这公平吗？"

"向来如此。"

"所以现在是时候改变了。没有我们就没有一切。"

"小心点，他会把你从故事里删掉的，"狐狸警告他，"到时候你还能去哪儿？"

　　"他不会的，因为我不可或缺。没有我，就没有故事。"

　　"嗯，嗯……"我重重地哼了一声，"但是，如果我偏要跟你过不去呢？"

　　"把他划掉，请允许我吃了他吧。"狐狸提议。

　　"你这个愚蠢的狐狸!"公鸡喊道，"你应该跟我一伙，咱们一起迫使他做出让步。如果他想让我们出现在他的故事中，就必须为你提供肥得流油的山鸡、美味的兔子和大量甜葡萄。"

　　"这是个趣的选项。"狐狸赞同他的说法。

　　"我警告你们，我会把你们俩都划掉的。"

　　"虚张声势! 你不可能划掉所有的英雄。你是一个作家，就靠这个混饭吃。"

　　"有道理，"狐狸同意道，"我们两个，他都不敢删。"

　　"让我们冷静地谈谈吧。我承认，你们的命运很艰难，但我活得也不容易啊。身为一名作家，我需要依赖读者，而读者有自己的要求。我不能写一些让他们提不起兴趣的故事。所以，故事必须得标新立异，因为平常的事情没人感兴趣。而你们，如果我没有理解错的话，要求我变得平淡无奇，庸庸碌碌。一天到晚吃饭、睡觉、哪儿也不去……而且，上帝保佑，在你身上也不能发生什么非同寻常的事。那谁还会感兴趣啊？

"如果我们吃得非同寻常地多，睡得非同寻常地久，怎么样？"狐狸建议。

"毫无意义，我比你更清楚这一点。就知道吃、喝、睡，这样活一辈子，也没有人会注意你。你愿意做一只无趣的狐狸吗？

"那什么，也是。我也不希望变得完全无趣。既然你这么说的话……"

"反正狐狸是无趣的，从任何方面看都是如此，"公鸡插话说，"那我就奇怪了，你居然把他纳入了伙伴关系，你在他身上看到了什么出奇之处？

"你在侵犯我的权威。"

"我要求有发声说话的权利。"

"我也是，"狐狸说，"不让我发声，实在是太讨厌了。例如，为什么不允许我吃掉公鸡？这是违背自然的。"

"而我为什么要和狐狸结伴？这也有悖自然。你该给我一只母鸡妹妹做伴。"

"我已经解释过，一个故事必须有趣。难道你们认为我能从编造奇闻怪事中享受到什么乐趣？不，其实我更愿意写'公鸡和母鸡四处溜达'……"

"或者，'狐狸吃了公鸡'……"狐狸又插话。

"你别给我捣乱，或者'狐狸吃了公鸡'。这么写倒是容易，但文学自有其律法。你们要感谢我没写'公鸡吃了狐狸'。"

"打死我也不干！"公鸡埋怨道。

"这也算是个想法……"狐狸做了个鬼脸。

"所以你们也看到了吧，我也不是绝对自由的。我必须遵守某些律法。"

"我才不关心这些呢，"公鸡坚决地说，然后沉吟片刻，"你们听到山谷那边的动静了吗？云层里潜伏着雷电。"

"我也不在乎。"狐狸证实了这一点。

"不管你们关心不关心，在乎不在乎，远处有灯光在闪动，看到没有？这是一个标志，意味着森林里有房子。我们可以在那里过夜，谁知道呢，也许还能弄点吃的。你们愿意继续争论，还是去找东西吃、找地方住？"

"吃和住！"他们呼喊起来。

"那还不快走。"

我们走了过去，房子一片漆黑，和夜晚的森林一样黑暗，只有一扇窗户亮着。这表明屋子里有人。但会是谁呢？出于谨慎，我们要先透过窗户看看，然后再敲门。但是窗户修建得太高了，即便是踮着脚尖也无法看到屋子里的情况。

"请公鸡踩到狐狸背上，看看里面是什么情况。"我下令。

"凭什么让公鸡踩在我背上？"狐狸抗议。

"那就，请狐狸爬到公鸡身上。"

"别做梦了！"公鸡坚决地说。

"好吧，那么，首先公鸡踩狐狸，然后狐狸踩公鸡。这样就公平了。"

"凭什么首先是公鸡?"狐狸表示反对。

此时窗户突然打开,一个声音从上面传来:

"嘿,什么声音,谁在那儿?"

"回答他呀。"狐狸小声说,在旁边顶了我一下。

"向他解释啊……"公鸡嘀咕道,还在我的小腿上啄了一口。

"流浪者,"我答道,"我们正在寻找食物和住宿的地方。"

"你们身上带钱了吗?"

"我们没有"。

"黄金或其他贵重物品呢?"

"我们没有。"

"长袍或者装饰品呢?"

"也没有。我们都是穷得叮当响的流浪者。"

"那就见鬼去吧!"屋里喊了一声,正准备关上窗户时,公鸡叫了起来。

"等一下,我们有狐狸裘皮大衣!"

"裘皮大衣?"这个声音马上变得兴趣十足。

"还有,公鸡有马刺。"狐狸带着哭腔说。

"马刺?等等,我马上去开门。"

"为什么跟他说我有马刺?"我们在门口等待的时候,公鸡满怀怒气说道。

"行啊,我让你告诉他我的毛皮了吗?"狐狸也是怒不可遏。

"请进，赶快进屋把，有请了您哪！"

门开了，我们刚一进入大厅。门就在我们身后关上，被七把钥匙锁得严严实实。

"这边请，这边请。"

大厅里黑漆漆的，我们仍然不知道这个声音出自谁。第二扇门打开，我们进了一个房间，壁炉里的火苗闪烁着光芒。桌子上摆放着丰盛的食物，散发出诱人的香味。围桌坐着一圈长胡子的人，数了数一共有十二个，每个人的腰间都别着一把刀。他们打量着我们时，身后的门被十二把钥匙锁上了。

"嘿，玛德伊！他们叫了起来，"你把谁带到我们这儿来了？"

"这位穿裘皮大衣的是个富商，"第十三个回答道，"而那位带马刺的一定是个大骑士。"

"万岁！"这帮家伙大喊大叫，显然是对我们的造访感到非常满意。

"那第三个呢？"当欢呼声慢慢消失后，其中一个问道。

"第三个可能是一头驴子。"

大胡子们突然哄堂大笑。

"咯，咯。"公鸡附和。

"嘿，嘿。"狐狸轻笑。

"笑吧，你们就笑吧，"我对他们说，"在我看来，你们很快就笑不出来了。"

"请稍等片刻，先生们，"第十三人说，"我们马上就吃完晚饭了。"

"等？等什么等？"公鸡说。

现在，大胡子们真的又一次爆发了笑声。他们笑得直打滚，一个个抱着肚子，眼泪都忍不住从眼角流下来。

"他还问……"其中一个喊道，"哦，我实在不行了！"一把抓住了自己的左手边的那个。

"为什么……"另一个人笑得上气不接下气，抓住自己的胸口，"我要爆炸了，我要爆炸了！"

"等等！"第三个人高声尖叫着，虽然身材魁梧，却笑得倒在了长椅下，躺在地上还在尖叫，"拉住我，拉住我！"

"我觉得，我恐怕得离开了。"狐狸喃喃地说。

"我也是，"公鸡嘀咕道，"突然想起来了，我在森林里还有事情要做呢。"

但他们都去吃晚饭了，不再理会我们。我们在一个角落里蹲下，尽可能地远离这帮大吃大喝的家伙。

"我们从这儿逃跑吧。"公鸡小声说。

"没错，"狐狸点点头，"逃跑，我们赶紧逃跑。"

"咱们采取自由的方式。现在由你们自己做决定吧。我绝不干涉。"

"根本没希望啊，第一道门用七把钥匙锁着，第二道门用十二把钥匙锁着。"

"加起来一共十九把锁。"狐狸忧心忡忡地计算。

"还得加上十三把刀。"公鸡提醒说。

"十九把钥匙和十三把刀。"狐狸做出了总结。

"我让你们透过窗户看看时，又是谁那么叛逆？如果你们当时听了我的话，就不会掉进强盗窝里。"

"是狐狸不听话。"

"胡扯，是公鸡。"

"既然你们俩都不想这样，都要求独立，所以现在就独立吧。"

"但是您能再插手管一次吗……仅仅就这么一次……"

"对啊，对啊，"狐狸支持道，"您是作者，您有权……"

"太晚了。"

"你们在说什么悄悄话呢，小家伙们？"第十三人问道，他叫玛德伊，用手抹了抹胡子，又用袖子擦了擦手，"有什么你们不喜欢的吗？"

"看您说的是哪儿的话啊？"狐狸急匆匆否认。

"一点也没有，"公鸡保证道，"这里简直太好了。"

"那就到我们这边来啊，靠近一点。"

"有必要吗？"狐狸想确认。

但玛德伊已经站了起来，一手薅住狐狸的脖子，一手拎着公鸡的嘴。在掌声和兴高采烈的欢呼声中，把这二位都摆在了桌上。酒足饭饱，强盗们在长椅上伸个懒腰，点燃了他们的烟斗，一个个精神饱满。

"跳个舞吧，跳吧！"他们冲狐狸和公鸡喊叫着，鼻子里喷出浓浓的烟。

"他呢？"公鸡指着我问。

"驴子不用跳舞，你们俩跳，跳吧。"

狐狸和公鸡开始跳舞。他们的舞姿一点也不优雅，但强盗们喜欢。他们鼓起掌，打着拍子，狂喊乱叫："呜——哈！呜——哈！"

"强盗先生们！"公鸡喊道，努力平缓着自己急促的呼吸，"我明白你们是强盗，就像我是公鸡，而他是狐狸。我们都各按自己的天性行事。但我们能不能以某种方式和解呢？我们有共同的命运，我们都是这头驴子创造的故事中的英雄，所以在某种程度上，我们算得上是同事。你们享受这种强盗生活的乐趣吗？不觉得这种所谓的盛宴和聚会品位很差吗？想想在家庭的怀抱中安居乐业的幸福吧。想想在农场或工坊中诚实工作的乐趣吧，想想平静的良心和体面的娱乐能带给你多大的满足？你们看到自己被判处过这种抢劫的生活，这对你们的健康是有害的，还会摧毁你们的灵魂，难道你们不会为自己哭泣吗？哦，当我看到你们这些强盗的时候，我是多么同情啊。亡羊补牢，犹未为晚。让我们像兄弟一样坐在这张桌子旁，让我们一起思考如何抵制这头驴子的暴政，他让你们做了强盗，让我们成了受害者，而他自己甚至连跳舞都不会。让我们共同努力，一起开启美好和诚实的篇章。"

"呜——哈！"强盗们喊叫着，抽出了他们的刀子。十三柄利刃从上而下包围了在桌上跳舞的狐狸和公鸡。"呜——哈！呜——哈！"他们喊得越来越快，迫使狐狸和公鸡加快了节奏。公鸡实在喘不过气来了，终于闭上了嘴不再说话。

"现在该你说了，"他低声对狐狸说，"我实在不行了。"

"强盗先生们，"狐狸艰难地开口，因为舞蹈的节奏越来越快，"我的朋友公鸡已经让你们注意到自己悲惨的命运。我不会在此事的道德层面上多说什么，他说的已经够了。我想多谈一些前一位发言者只隐约暗示的内容。那么我就不拐弯抹角了，请恕我直言不讳：你们正在毁掉自己！这种不规律的生活方式，这些过量的，富含脂肪的食物和烈性饮料，还有吸烟、咳咳咳……（他咳嗽了一下），以及使用锋锐器械所固有的误伤事故风险，还有随之而来的神经紧张，所有这些都是不健康的，而且非常有害。这些都不可能没有后果，迟早会导致你们疾病缠身，神经紊乱。我警告你们，我要求你们：至少要照顾好自己。"

"呜——哈！"强盗们喊道，"呜——哈！呜——哈！"

他们右手持刀（除了玛德伊这个左撇子），左手敲击桌板（除了玛德伊，他用右手敲），嘴里不停狂喊着"呜——哈！"他们敲打得越来越快，舞蹈也变得越来越激烈，直到看起来像两个托钵僧在狂舞。

很遗憾，狐狸和公鸡恐怕难逃一劫，他们很快就会精疲力竭，迎面倒在围着他们的刀刃上。诚然，事情已经偏离得太远，这不是我想要的结局。我只想惩罚狐狸和公鸡的叛逆行为，与此同时，强盗们的所作所为也确实太过分了。我该何去何从？

　　删掉强盗？现在肯定不行。这将毁掉整个故事，从而毁掉身为作者的我。如果让强盗们打嗝，必须去喝水行不行？以此停止这场残酷的游戏？但然后呢？霹雳引燃了强盗窝，一场大火助我们逃出生天。不，这些都是老掉牙的小伎俩，与其破坏我自己选择的律法，还不如干脆把强盗划掉。律法必须遵守，否则就会受到冥冥中的惩罚。

　　啊，如果公鸡能飞起来的话！然后，他将飞到强盗的头顶，狐狸会紧紧抓住他，两个家伙一起飞出烟囱。不幸的是，公鸡虽然也算是一种鸟，却退化到丧失了飞行能力。哦，为什么我们只是我们自己，没有任何追索特权，没有任何创造奇迹的可能？啊，我们为什么要叛逆？狐狸和公鸡不想只做童话故事中的角色，他们反抗了，他们得偿所愿。我也不想只做一个作家，而想成为自己故事中的一个英雄，也因此受到了惩罚。我想参与，想生活……受到的惩罚是，既当不了作者，也扮演不成角色。我把秩序混淆了。如公鸡和狐狸一样，我犯了原罪，忘乎所以地膨胀，渴望成为一切的主宰，无处不在。如果我仍然只是故事的作者，那么狐狸和公鸡就不可能哄骗我，干涉我的计划。如果公鸡和狐狸安分守己，不把他们的眼光强加给我，就不会有超出预见的意外和本不该出现的情形。现在，我们被共同的命运所捆绑。他们不可能冲出强盗的圈子，除了死，而他们一死，我也就最终失去了对故事的掌控。

我再也分不清哪个是狐狸，哪个是公鸡，他们旋转的速度太快。我再也不知道我是谁，我愚不可及地屈服于诱惑，成为我本体之外的化身。没准强盗们说对了，可能我就是一条蠢驴。

哦，为什么一切非要继续下去不可。我能预见到接下来将会发生什么，但我就是不说，就是不让一切成为完成时。拖时间，是我唯一的机会。但即使拖延也不由我说了算。目前，狐狸和公鸡正在跳舞，但他们的气力还能持续多久？跳吧，跳吧，你们不要跌倒，我请求你们，我恳求你们，我哀求你们，跳吧，跳吧，没完没了地跳吧。为我努力吧。

养殖场

公鸡来找我，怒气冲冲。

"我听说狐狸要开一个养鸡场。这是不可接受的。"

"为什么呢？养殖场是一种组织，一种文明。"

"还问我为什么？这不是明摆着吗，狐狸要鸡的原因是什么？这是个犯罪团伙。必须予以严厉打击。"

"怎么打击？"

"我们需要和狐狸谈谈。"

"我也参加吗？"

"跟我来吧，我需要你做证人。"

狐狸在我们刚租的场地前，正往门上钉了一个牌子，牌子上写着：

"养鸡场管理者：狐狸。"

"立刻把它给我摘下来！"公鸡喊道。

"这是一家有实力的公司，必须拥有自己的办公室。"

"你跟他说吧。"公鸡转身冲我说。

"公鸡认为，由狐狸开办养鸡场是不对的。"

"他是这么想的？"狐狸有些担心。

"这可能会引起一些反响。你会认为，批评是有道理的，也就是说，这家企业的真实目的，让人觉得有些可疑。"

"真的吗？这是为什么呢？"

"这是考虑到你与鸡之间的关系。"

"我的意图十分纯洁，而人们却说三道四。我考虑的是母鸡的福利。我希望能为她们提供体面的生活条件。"

"啊哈，纯洁的意图！"公鸡冷笑道，"你将会雇用什么样的员工呢？"

"也是狐狸，当然了，清一色的专业人士。"

"你看看吧！"公鸡转向我，"这有多无耻？"

"恐怕公鸡说得有道理。让狐狸养鸡，公众不可能接受，肯定有反对意见。"

狐狸陷入了沉思。

"哈，如果你们俩都持这种观点……那我可以放弃。我自己没有一点野心，只希望对母鸡有好处。"

"你真的放弃了？"公鸡问道，感觉难以置信。

"当然了，只不过，这么好的社会公益项目就这样失败了，实在可惜。"

"你不加反抗，就直接放弃了？"

"否则我怎么能让你相信？我根本不关心利益，也不在乎管理职位。"

"反正我无法相信你。"

"既然这样，我们就开办一家养狐狸场，让鸡来管理。"

"当真？"

"如果让狐狸养鸡不合适，那就让鸡来养狐狸吧。这样一来，公众就会感到满意。我也不会受到怀疑。尤其是我们要任命你来当主任。"

"为什么是我？"公鸡很惊讶，有点摸不着头脑。

"我没见过比你更好的候选人了。你才华横溢，精力充沛，尤其是你还英俊潇洒，主任应该有个好形象。"

"我必须考虑一下，"过了一会儿，公鸡说，"我最近一直很忙。"

"那我们能指望你吗？"

"我可还没有做出任何承诺。要知道，他们最近给我提供了不少管理职位。"

"这可以理解。那我们就等着你的答复了。"

我们就此分道扬镳。有一天，我路过这里时，发现门上挂着一个牌子，上面写着：

"养狐狸场管理者：公鸡。"

在等候室里，挤满了鲜嫩、肥腻、美味的母鸡。

"主任先生在吗？"我问秘书办公室的母鸡。

"他很忙，现在正忙着面试新员工。你能等会儿吗？"

"算了，下次再说吧。"

我在公园里遇到了狐狸。他正坐在长椅上看报纸。

"你最近忙什么呢？"我问。

"暂时没什么事，我在等着这家企业开业。"他说着，还舔了舔嘴唇。

回去，还是不回去

公鸡、狐狸和我在度假时，都城的领导发生了更迭。我们便聚集在一起开了个会。

"先生们，"我说，"前任领导马马虎虎，对我们来说既不好也不坏。而现在已经换人了，这意味着，对我们来说可能变得更好，也可能更糟糕。因此，在我们返回都城之前，有必要了解一下现在是什么情况。"

"但是要想弄清楚，必须先回去。"狐狸说。

"只有确定了现任领导对咱们更好，而不是更差，咱们回去才能安全。"公鸡说。

"但是，如果我们不先回去，又从何得知？"我总结道。

现场一片寂静。

"如果我们三个之中先派一个回去，了解一下情况呢？弄清楚之后，他可以通知另外两个。"

"我们中的哪一个呀？"公鸡问道，明确表示他不认为自己是志愿者。

"当然是最有资格的那个。最狡猾、最奸诈、最老谋深算的那个。"

我们的视线落在了狐狸身上。我们，指的是公鸡和我。

"你们真的认为我能够胜任吗?"狐狸试图为自己辩护。他虚伪得如同一只通常意义上的狐狸。众所周知,作为一条狐狸,他具备上述情报人员所必需的全部素质。

"你到底还是不是狐狸?"

狐狸低下了头。毕竟,他没法否认自己的身份。

第二天,与狐狸告别时,我们很有礼貌地控制了自己的情绪。

"祝你狐到成功,"公鸡语气坚定地说,还把自己的爪子拍在狐狸的肩膀上,"你是所有狐狸中最聪明的一条。谁说不是呢,我对狐狸有深刻的了解,所以我可以保证。"

"事实更是如此,你不会有任何危险的,没准他们还会张开双臂欢迎你呢!"

"说得没错。无论如何,有一件事你可以肯定,我们会留下对你最美好的回忆。"

狐狸就这样走了,他有好长一段时间音信全无。我们变得越来越焦虑不安,直到一封电报发来。

对狐狸来说,还不赖。狐狸。

我们稍稍松了一口气。如果电报不是那么简短的话,我们就能长长松一口气。电报中对我和公鸡只字未提。事实上,我们在最初的些许释然后就不再感到轻松了。

"对狐狸来说……"公鸡面无表情地想,"对狐狸来说

140

是好事。但是对公鸡来说呢？"

"没准对公鸡也一样。"

"没准，但不确定。毕竟这封电报中没有一个字提到我。"

"也没提我。"

"这只蠢狐狸！"公鸡生气了，一把撕掉了电报。

我们等待着下一个消息。过了一段时间之后，电报又来了。

欢迎公鸡。狐狸。

这一次，公鸡松了一口气，长长松了一口气。他一下子振作起来，对狐狸的评价也提高了不少。

"我明白，为什么他之前没提我。因为他当时对我的待遇还没把握，现在才确定。这只狐狸是个聪明的家伙，也是个好伙伴。"

"但他为什么不继续写我呢？"

"他没写，是因为他还不确定你的情况。所以你必须耐心等着，而我马上就出发。"

我劝他不要急不可耐，因为我觉得自己孤零零待在这里很傻。但他拒绝接受我的建议。

"这可是欢迎啊，就是欢迎。看，这里写得清清楚楚。即使从这一点来看，公鸡的未来前景甚至比狐狸更好。'欢迎'两个字你明白吗？意味着同情。"

"如果电报是假的怎么办？"

"绝无可能！'欢迎公鸡'这四个字是无法伪造的。"

我们俩告别时，公鸡说希望我很快就会追随他的脚步，我们仨早日在首都团聚。他还算够意思，还能惦记我，尽管正忙着考虑他未来的事业，兴冲冲地坐立不安，就像只通常意义上的公鸡。

现在，我形单影只地等待着第三份电报。我每天都去邮局，问问有没有我的电报。有一天，像往常一样，我走进邮局，发现墙上挂着一幅以前从未见过的画像。这幅肖像画描绘了一位带着一身自然色彩的英武男子。

"这是谁啊？"我问工作人员，指了指悬挂在他头顶的画像。工作人员先是环顾四周，然后肃然起身，立正站好，用官方的声音回答道：

"这就是我们新的、无比敬爱的领导，他老人家。"

然后便坐下来，私下里补充说，电报已经到了。

"今天早上发来的。"

我盯着那幅画像看。领导身穿阅兵礼服，头戴一顶帽子，帽檐上装饰着公鸡翎毛，身侧挎着一把马刀，刀柄上饰有狐狸尾巴。

"是的，这是给你的。"工作人员继续说着，递给我一封电报。

我向他表示感谢就出去了。一直到了大街上，我才敢揭开电报的封条阅读。

对你也好。速来。公鸡和狐狸。

但我一直躲到现在。因为我不知道，自己身上是否有什么物件儿，值得让我们新的、最敬爱的领导他老人家挂在某个地方？

三角

"我们散伙吧，"我说，"我们的故事已经够长了，我们凑在一起这么久，一起经历了许多冒险，但时间太长，我们彼此都受够了。你们俩为什么要躲起来呢？我都看不到你们了。"

"我很抱歉，"狐狸说，"但我不想再看你。我也不想看他。"他指着公鸡补充道。

"我既不想看到他，也不想看到你。"公鸡说。

"我说过，搭伙是相互的。因此，甲不排斥乙，乙不排斥丙，而丙不排斥甲乙两个。关键是，我们都对这种搭伙感到厌烦。剩下唯有散伙一途。"

"好啊，"狐狸表示同意，"但谁应该从谁身边滚蛋？"

"没错，"公鸡确认道，"好吧，但谁该率先滚蛋？"

"谁也不用先滚蛋，我们仨，一次性散伙，一拍三散。"

"不可能的。"狐狸说。

"为什么？"

"因为，如果我们一下子都滚蛋了，那谁会留下来确认我们都不在这里？"

"这就对了。必须有人留下来确认。"公鸡支持狐狸。

144

"既然如此，那我就留下来吧。"

"那可不行，"公鸡说，"凭什么你留在这里，好像什么都没发生过，而我要滚蛋？想得美。"

"要是换成我，对我也不公平。"狐狸反驳道。

"那就我一个人走，你们俩都留下。"

公鸡看着狐狸，狐狸也看着公鸡。两个家伙面面相觑。

"难道我应该继续看那张狐狸脸吗？"

"难道我就应该继续看那张蠢鸟嘴？"

"那我们还是一起留下来吧。"

"是的，这是唯一出路。"公鸡沉吟了一会儿后说道。

"没错，这是不二之选。"狐狸考虑了片刻之后承认。

"那样的话，谁会滚到别的地方去呢？"我问。

"别担心，"狐狸说。"在这里，我们待在一起，但我们不会在别的地方待在一起。"

记忆

"值得建一座纪念碑。"公鸡说。

"当我什么都不记得的时候，"狐狸担心地说，"你呢？"他转向我。

"我记得各种乱七八糟的事，有时这件，有时那件，但大多数时候什么都不记得。"

"比如说呢？"

"早从我脑子里飞走了。"

"这就是最好的证明，说明多么有必要建个纪念牌，"公鸡说，"没有它，你就不会记得任何事情。"

"但是，如果我们仨都不记得其他事情了，那纪念碑还有什么用呢？"

"那也没关系，我们将为一块空白纪念牌揭幕。"

"什么意思？"

"那就要看是谁来瞻仰了。我们建立起一块纪念碑，每一个瞻仰它的人都会记起他们想要的东西。最重要的是，得有这么一块纪念碑。"

正如我们所想的，我们也这样做了。一块漂亮的纪念碑随即竖立起来，上面刻有铭文"以此纪念"和一个省略号。

结果很好。第二天，我们又来看看它的实际效果如何。

有两个人正站在纪念碑前。

"是你们竖起的纪念碑吗？"

"是我们。漂亮吧，怎么样？"

"跟我们走一趟吧。"

他们把我们带到了一个什么局，肯定不是一个邮局。

"诸位，你们为纪念你们不需要的东西而竖了一块纪念碑。"

"那可不一定，这块纪念碑是为了纪念任何你想要的东西。"

"我们非常清楚地知道，谁想要什么东西。"

"但也可以是不同的东西。并非每个人都想要的都一样。"

"我们已经非常清楚地知道，每个人想要什么东西。"

"对此，我们恰恰相反。"

"与什么相反？"

"与你们所认为的，我们的想法相反。"

"现在，我们已经知道，你们几个在想什么了。"

"这就对了。我们还得翻过个来。"

"什么叫翻过个来？"

"与你们所认为的，我们的想法，翻过个来。"

"哦，你们的意思是，你们承认了自己有想法？"

"是的，但还有别的东西。"

"休想！你们不能想别的，必须先想这个。"

"哪个？"

"恰恰是你们不需要想的。"

我们不得不承认，他们说的有道理，尽管我们是无辜的，但逻辑就是逻辑。

他们放我们走了，条件是我们以后什么也不准想。在回来的路上，我们途经纪念碑那里，但纪念碑已经不见了。

"你有什么想法吗？"狐狸压低嗓音问我。

"我吗，哪儿有啊，"我大声回答，"也许公鸡有想法？"

"我想……"公鸡开始了，也很大声。

"你最好给我住嘴。"狐狸低声对他说。

"为什么？"公鸡大声说，"我只是在想，如果能竖起一块纪念……"

他一句话没能说完，因为狐狸用爪子捏住了他的嘴，公鸡奋力挣脱出来。

"你干吗呀?!"他叫道，站在当场，"我只不过想提议竖立一块纪念碑，来纪念那块纪念碑！"

我们俩没来得及就这一建议阐述自己的态度，因为有两个人已经走到我们面前。

"不要站在那里，不要搞什么聚会，"他们说，"走吧，走吧!"

所以我们就走了，走了。

怀疑

公鸡来找我，有点忧心忡忡，也有点兴奋莫名。

"事情是这样的……"他开始用严肃的声音讲了起来。

"我也觉得……"我回答，"什么事？"

"看来，狐狸是个犹太人。"

我差点一口气没喘上来。

"你怎么知道？"我平复了一下呼吸，问道。

"我就是知道。"

"但为什么你以前不知道呢？"

"因为先不知道，然后才能知道。从来如此，永远不可能反过来。"

"那我们现在该怎么办？"

"首先，我们不需要他知道，我们已经知道了这个事实。诚然，他是一个犹太人，却也是一只狐狸。"

"对，否则他会认为，我们是反犹太主义者。"

"那就试试！"公鸡喊道。

"你们聊什么，聊得这么欢？"狐狸走过来问道。

"在聊，我们真的非常喜欢犹太人。"公鸡笑着说。

"住嘴吧……"我小声说，"你都快让他醒过味儿来了。"

"为什么？"狐狸很惊讶，"犹太人的性格不好，他们还用鸡做马扎。"

"他在掩饰。"公鸡对我低声说。

"实际上你是对的，"我对狐狸说，"犹太人到巴勒斯坦去！"

"恰恰相反，犹太人离开巴勒斯坦！你到底是落后了还是怎么回事？"

"我没落后，只不过是弄错了而已。"

"都怪犹太人，"狐狸说，"他们总是犯错。"

"看看他是如何假装的？"公鸡对我小声说，"他说犹太人的坏话，来转移别人对自己的怀疑。现在已经确信无疑了。"

"好吧，但是也有例外，"我试图打个圆场，因为我为狐狸感到遗憾，他终究是个朋友，虽然是犹太人，"有些人是不小心弄错的。"

"你疯了吗？"公鸡低声责问我，"他是故意误导我们。"

"所有犹太人都是故意犯错，没有例外，"狐狸以不容置疑的口吻说道，"就该这么看待他们。"

现场一片寂静。狐狸坦白了。我们现在不知道该做何反应。

"你们怎么都不说话了，"狐狸愕然，"你们在为犹太人辩护吗？"

"我们？不不不，我们只是这个……那个……"公鸡被绕进去了。

"我觉得要下雨了。"我试图转移话题。

"不要和我扯什么天气,"狐狸生气地说,"你们在搞什么勾当……或者,也许……难道说你们自己就是……对吗?"

"我们?!"我们异口同声地喊道。

"那你们为什么这么奇怪……"

"我们走吧,"我对公鸡说,"别再理他了。"

"对!"公鸡确认道,"必须跟他划清界限。"

我们俩扭头就走。

"稍等一下啊!"狐狸在我们背后叫喊,"等等!我只是开了个玩笑!"

但我们头也不回地走了。我们凭什么要为这个犹太人停下脚步?

检察官

"我认识一个人,"狐狸说,"他每天都在为自己签署死刑判决书。"

"你是说他同意法院的判决?"公鸡很惊讶。

"而且为什么是每天?"我附和道,"毕竟,一张死刑判决书就完全够用了。"

"你们说得都对,"狐狸回答,"如果第一张判决书被执行了,或者第二张,或者后面的随便哪张。但对他进行判决的不是法庭,而是他自己。他自己起诉自己,指控自己,发现自己有罪,并为自己判刑。"

"他不喜欢自己吗?"

"那倒不是,但他喜欢写。他把一切都以书面形式写下来。他几乎没有完成一个案子,就已经开始了下一个案子,而且在量刑上总是采用最高的刑罚,但又没有足够的时间来执行。"

"你是说他总在没完没了地重复?"

"嗯,如果不是因为各类指控不尽相同的话,也可以这样认为。但他总是把各种错误都归咎于自己,在法庭诉讼中也极为谨慎。他试图细致地了解每一个指控,深入探寻最微不足道的细节。"

"他是一个完美主义者吗?"

"比那更甚,他是一个审美者。他只用日本毛笔在牛皮纸上写,精心描画首字母和段落编号。当然,他也不能忍受任何斑点或污渍……否则他将从头开始整个过程。只有当他对前一个案子在各方面都感到满意时,才会开始下一个案子。"

"如果他对前一个没有完全满意,那就不会开始下一个了。"公鸡指出。

"所以他扔掉了以前的那些判决书?"我注意到。

"当然不是!他把所有这些都存放在柜子里。几年后,已经积累得太多,实在塞不下了,他才又买了一个新柜子。他对自己的判决书非常重视,而最看重的还是他的签名。通过技巧和苦练,他学会了令人印象深刻的签名。签名非常漂亮,我告诉你们,那称得上一件真正的艺术作品。"

"他后来怎么样了?"

"他踩在狗屎上滑了一跤,摔死了。在街上。"

"我总是说,"公鸡叹了口气,"街道应该好好打扫。"

在哨卡

到目前为止，我们一直在人烟稀少的环境中徘徊。最多能看到几家路边旅馆，零星的林间小屋和远在地平线上的一些房舍。现在，我们接近了一座城镇，已经可以看到教堂的塔楼，甚至可能是座大教堂，高过一栋栋房屋的石板屋顶，在周围的果园和乡村别墅间显得鹤立鸡群。

"哨卡！"狐狸指着黄白相间的岗亭和涂成同样颜色的路障，路障封闭了道路。在岗亭旁站着一个穿制服的警卫。

我们很担心。我倒是有一张不记名的通行证，这还要感谢我在首都的亲戚，但狐狸和公鸡只持有普通护照。护照是有效的，但不清楚狐狸和公鸡是否被允许进入这座城市。各地的规定五花八门，而公鸡和狐狸与其他动物，尤其是与人类有很大区别。

"也许他们只是不让公鸡进城。"狐狸安慰自己。

"我觉得是禁止狐狸入内，"公鸡说，"希望如此。"

"要么这样，两者都不许进。"我决定了，如果这是个决定的话。

"要是有假证件，就能派上用场了。"公鸡叹道。

"再简单不过，"狐狸说，"你把护照给我，我把护照给你，这样，我们俩就都有假证件了。"

"如果，最终是只允许公鸡进入呢？那么我拿着你的护照可就有热闹看了，狐狸。"

"我也在承担同样的风险。"狐狸说。

"好吧，无论如何，我们先过去看看再说。"

他们交换了护照，准备好文件后，我们一起走到警卫面前。我亮出了我的不记名通行证。

"先生们，要去市场吗？"警卫问道。

"市场，总的来说是吧。"狐狸说。

"总体而言一般意义上的，通常来说在很大程度上的。"公鸡补充说。

"护照。"

我们把各自的证件交给了他。他首先扫一眼我的通行证，敬了个礼，便交还给我。接着看了看另外两本护照。

"你们中的哪一位是狐狸？"他问道。

"您叫我吗？"公鸡回答。为了以防万一，他采用了问句。

警卫把他从头到脚看了一遍。

"与描述不符。"

"也许可能不是我吗……"公鸡退缩了。

"是他，是他，少校先生，"狐狸替他做证，"我很了解他。他只是有点害羞。"

"那么你是谁呢？"

"我当然是公鸡啊。"

警卫瞥了他一眼，又看了看他的护照。然后，他的目光从护照转到狐狸身上，又转回来，反复几次。

"公鸡?"他表示怀疑，"为什么是四条腿的，不是两条?"

"那两条是备用的，备腿。"狐狸解释说。

"我借给他的，因为他苦苦哀求我。"公鸡补充了一个解释，"但借用期到星期二为止。星期二，他肯定会还给我的。"

警卫摇了摇头。

"有点不对劲啊，请你打鸣让我听听。"

公鸡已经准备打鸣，来满足警卫的愿望，但在最后一刻，狐狸赶忙堵住了他的嘴，自己发出了一声所谓的"打鸣"，只有不知情的人才可能被他糊弄过去，而警卫不以为然。

"有问题……"

"我承认，我的身体不大好，"狐狸同意了警卫的说法，"嗓子哑得厉害。"而且他开始咳嗽，好像得了肺炎。

"病了?"警卫转身问公鸡，"是不是传染性的?"

"不是，不是!"公鸡（化名，官方名字是狐狸）抗议道，"吃冰激凌着凉了。"

"我对这一切越来越不适应了，"警卫宣布，"在我得到合理的解释之前，我必须把你们二位扣留在这里。"

"我们不想给您添麻烦。我们在森林中等待行不行?"狐狸（根据护照上的说法是公鸡）提议。

"齐步走，去警卫室！"警卫懒得跟他们啰唆，而亲切地转向我，说道，"请原谅我剥夺了您和这二位相伴的机会。他们很可疑。"

"当然，"我也鞠躬致意，"我只不过在路上跟他们萍水相逢，哪儿知道他们的底细。"

公鸡和狐狸（也就是狐狸和公鸡）恶狠狠地瞪了我一眼，但在警卫眼皮底下，他们能做的也仅限于此。警卫把他们带到一个岗亭，如果岗亭有门，肯定会把他们锁在里面。现在，他也只能严厉地告诫他们不要私离岗亭，否则就会从嫌疑人的类别划归被告人的类别。

"我建议您把他们绑起来。他们的眼神看起来戾气十足。"我提醒警卫。

"您这样认为？可我们什么都没有啊。锁链倒是有，但在市政厅。"

"我去给你取来。"我提议。

"他们不会交给您的，只有我才能申请领取。"

"既然这样，只好让你去了，在此期间我会在这里严加看管。"

"我不能擅离岗位。"

"没有什么大不了的。把你的制服给我。从远处看，没有人会知道我替换了你。"

"但在市政厅，我会被发现擅离职守。"

"是你的人，而不是你的制服擅离职守。我想你会同意的，在这种情况下，重要的是制服，是你穿着的制服所代表的本质。你这个人只不过是制服的一个附属品。"

"但我怎么能穿着便服出现在市政厅？"

"我不明白你在说什么，警卫！"我高声喊道，"你想为揭露坏人做出贡献，还是想玩忽职守？"话语中透着一股发号施令和上级呵斥下级的味道。

"天啊，天啊！"警卫被折磨得快要崩溃了，"如果我把制服给您，您去市政厅……"

"没有制服，你就没有权利监禁嫌疑人。这是违反宪法的。在这种情况下，处理方式必须是官方的，带着徽章的。"

"但是，您对付得了他们吗？"

"不要担心。此外，我愿意在法律的祭坛上牺牲自己。"

法律的祭坛给警卫留下了深刻的印象。我在首都弄到的通行证也发挥了奇效。

"我马上去，"他下了决心，"衣服给您。"

我们交换了衣服。这套制服对我来说确实有点紧，但为了朋友，还有什么不能克服的呢？

"我马上回来！"警卫临走时带着哭腔说，"看在上帝的分上，您一定要多加小心啊。"

"护照呢？"

他把护照给了我就走了。我一直等到他的身影消失在郊区的果园中。然后，我转身走向岗亭，狐狸和公鸡正紧兮兮地从岗亭里向外张望。

“你们中的哪一位是狐狸？”我严厉地问道。

“别傻了，”狐狸说，“我们可以走了吗？”

我们一路无事，进入了森林。不幸的是，他们非但没有对我表示任何感谢，反倒把穿着制服的我当作当局的代表，揍了一顿。

诺沃桑德茨基、马耶尔和我

老千

"我是一个老千，"这个外国人说，"跟我玩牌，你们一点赢的机会也没有。我可是违背了我们这一行的规矩，一点也没对你们隐瞒。我会承认我是谁，尽管在我什么都不承认的情况下，我才能是谁。然而，这恰恰是我要努力隐藏的。"

"那么，您为什么要这样做呢？"诺沃桑德茨基问道。

"请原谅，我已经说得够多了，尽管我没有必要说。这是出于我自己的意志。因此，除非我愿意回答进一步的问题，否则我完全有权利保持沉默。"

"的确。但我想，既然你已经快要……"

"我只说了我要说的，不多也不少。我既不是在敦促你们玩，也不是在劝你们不要玩。完全由你们自己决定。"

"您真是个贵族，是的，的确，我们很感激……"

我们三个和一个外国人在交谈，现在我们已经知道他是一个老千了。

窗外是雪的空间，混沌一片，无法界定。雪地上甚至连野兔的脚印也没有。人们可以出去，只是为了走一趟，也就是说，只是为了留下自己的足迹，以便回来后透过窗户观察。这与其他的出行没什么两样，但更乏味。

"您能允许我们商量一下吗？我是说私下里。您不会介意吧？"

"如您所愿。"外国人回答道，转身走向墙壁。

我们三个去了对面的角落。诺沃桑德茨基、马耶尔和我。

"他到底为什么要告诉我们这些？"诺沃桑德茨基说，"现在不能跟他玩了。"

"能跟他玩，但是不应该跟他玩。"我说。

"这又是为什么呢？"马耶尔想知道。

"出于道德上的和实践上的原因。你不应该和老千一起玩牌，因为这有悖荣誉守则。此外，跟老千玩牌也赢不了啊。"

"的确如此。"

我们陷入了沉默。诺沃桑德茨基看向窗外。马耶尔在他后面，希望诺沃桑德茨基能在那里看到什么东西。我站在两人身后。窗外什么都没有。

"等一下，"诺沃桑德茨基说着，把目光从窗口移开，"没准他只是在假装？"

"没错，"马耶尔很高兴，也不再眺望，"如果他真的只是在虚张声势呢？"。

"他为什么要假装……"

"他想脱颖而出啊。人总归是有野心的。"

"或者想扰乱我们的心神，"马耶尔补充道，"跟惊慌失措的人玩牌，他更容易乱中取胜。"

"你们的意思是，还想和他一起玩？"

"我们想还是不想，并不重要。重要的是不要让他作弊。如果他只是假装成一个老千，意味着他会作弊吗？"

"如果他坦白时是假装的……"

"别天真了，"马耶尔支持诺沃桑德茨基，"他坦白时，就意味着他在假装。否则他就不会坦白。"

"但他为什么要坦白呢？"

"为了假装呗。先生们，我们玩吧。"

我们回到了外国人身边。

"先生，您知道，玩……"马耶尔开始时脸红了。

"我们可以玩，"诺沃桑德茨基补充说，"当然，如果您没意见。"

外国人默默鞠了一躬。

"咱们玩牌带彩头吧？"我们在桌前坐下时，他问道。

"当然了，"诺沃桑德茨基说，"不赌钱，算什么玩牌。"

"但是，也许，一开始……"马耶尔羞怯地说道，"我当然没有别的想法，就只是……"他的脸比刚才更红了。

"我们赌钱。"诺沃桑德茨基决定了。

"那就请吧！"外国人欣然同意。

他赢了，我们输了。

"你成功了。"诺沃桑德茨基说。

"不，这不是巧合，我会一直赢。"

"咱们等着瞧吧。"

事实证明，外国人又赢了。

"第二局也说明不了什么问题。"诺沃桑德茨基坚持道。

第三局还是一样。

"您运气不错啊。"

"我不是有运气，而是有把握。"

第四局、第五局和第六局，外国人接连获胜。在第七局中，诺沃桑德茨基随口问道：

"这一局您也会赢吗？"

"胜券在握，"外国人回答，"怎么了，您想说什么？"

"没事，没什么，我只是随便问一句。"

第七局他再次获胜。在准备打第八局时，我开口了。

"你就不能输一次吗？"

"我为什么要这样做？"

"我们不想把话说得太白。"我的同事诺沃桑德茨基也倾向于点到即止。

"但我为什么要输呢？"

"如果您非得让我说，那我就直言不讳了：为了不在场证明。"

"我不需要不在场证明。我警告过您，我是个老千。就这么简单。"

我沉默。诺沃桑德茨基举头望房顶，马耶尔低头看地面。外国人正看着我的眼睛。

沉默还在持续。

"我们还继续玩吗？"外国人打破了僵局。

我看了看诺沃桑德茨基和马耶尔，但他们不想看我。他们假装自己不在场。我感到一阵被人抛弃，遭到背叛的失落，毕竟我是为了他们才努力挽救局面，不仅仅是为了自己。

"玩，"我说道，带着对诺沃桑德茨基和马耶尔的怨气，"我们当然玩，为什么不呢？"诺沃桑德茨基不再看天花板，马耶尔也不再看地面，两个人都生龙活虎地看着手里的牌。所以就是这样。我想报复他们，同时他们心里在感谢我。他们满怀感激、万分欣慰地接受了我报复性的决定。

我决定不再进行干预。但在第十八局之后，我为马耶尔感到遗憾。他的脸上和手上都出现了猩红的皮疹。我放下手中的牌。

"等一下，"我说，"难道你不应该输一次吗？哪怕一次。就算不是为了你毫不在意的不在场证明，也该出于人道主义的原因。我和我的同事诺沃桑德茨基有 A 类体格，能够上前线服役，但我的同事马耶尔身体不好"。

外国人认真地审视了马耶尔片刻，对他进行评估。

"他扛得住。"

"你们怎么看？"我转向两个同伴。

他们沉默不语。马耶尔眼巴巴地看着诺沃桑德茨基，但后者没看他一眼。

"我的同事诺沃桑德茨基，请你发言。"

"让马耶尔自己说吧。"

"我会坚持下去……"马耶尔用几不可闻的声音嘀咕说了一句，垂下头。

"好的。我尽力了。从现在开始，每个人都好自为之吧。"

我们继续输，整个下午都在输。没有人再说话。到了黄昏时分，马耶尔实在扛不住了。

外国人刚刚再次发完牌，马耶尔就跪倒在他面前。他的胡言乱语起初让人无法理解，过了半天才弄明白。

"请您说，您不是一个老千，请您不要输，请您说，就说这么一句，我求求您了……您不是……"

外国人俯身搂住他的肩膀，轻柔地但十分坚决地把他从地上搀扶起来。

"您说吗，先生，您说吗?"马耶尔现在啜泣着站起来，"您会说您不是吗?"

"很不幸，我是。"

"但我实在是坚持不住了。"

"您的信仰呢?"

"信仰?"马耶尔重复了一遍，大张着嘴。

"是的，信仰。先生们!"外国人说着也站了起来。"现在是时候告诉你们，为什么我没有给你们留下一丝希望，不让你们怀疑自己有哪怕一丝机会。我想净化并测试你们的信仰。你必须相信自己能获胜，来抗衡根本无法获胜这个显而易见的事实。只有这样的信仰才是真正的信仰，任何寻求理性支持的信仰，都不是真正的信仰。再见。"

"您是什么意思，要走？"诺沃桑德茨基问道，随即站了起来。我也跟着起身。马耶尔一直在那儿站着。

"现在，既然我已经向你透露了我的动机，从教育的角度来看，再玩下去就没有意义了。接受考验的人应该蒙在鼓里。这就是考验的意义。而你们已经知道了。"

"再玩一局吧。"

外国人走到诺沃桑德茨基面前，把手按在他的肩膀上。

"您的信仰会为您带来荣誉。"

"就一局。"诺沃桑德茨基恳求道。

外国人转身离开了诺沃桑德茨基，朝衣帽间走去。与马耶尔擦身而过时停了下来，马耶尔仍然站着，耷拉着下巴，双眼迷离。外国人托着马耶尔的下巴帮他合上嘴，然后抓起桌上的钱放进口袋，接着穿上了他的毛皮大衣，戴好帽子。

"还有我呢，"我提醒道，"您对我没什么可说的吗？"

"没有。"

我僵硬地给他鞠了一躬。他也冲我鞠躬回礼，然后飘然离开。

我走到窗前。外国人正穿过田野跋涉而去，但天已经太黑了，我无法注意到他是否留下足迹。

"但是我也骗过了他，"诺沃桑德茨基在我背后说，"我从头到尾根本没相信过他是个老千。"

山中守夜

诺沃桑德茨基、马耶尔和我在山上租了一间小木屋来度假。

马耶尔要去采蘑菇，诺沃桑德茨基想晒太阳，我还没想好要干什么。

我们都自得其乐。安静、平和、自然，周围一个人也没有。直到黄昏时分，我们才注意到远处有灯光。甚至说不上是灯光，只是一个针尖大的亮点。

起初我们以为是一颗星，但对于一颗星来说它的位置实在太低了。即使在天空的云层遮蔽繁星的时候，它也在发光。

那么，也许还有另一座小屋？但整片区域没有别的小木屋了，只有我们这一间。难道是驴友点燃的篝火？但篝火是红色的，火苗会明灭不定，而这个光源发出的是持续均匀的金色光芒。

"这让我很恼火。"诺沃桑德茨基说。

"就让它在那儿亮着吧，"马耶尔说，"那么远，又不碍我们的事。"

"我烦的不是它发光，"诺沃桑德茨基解释说，"只是我不知道是什么东西在发光。"

"典型的求知欲，"我评论道，"这是人固有的天性。人对现象本身并不感兴趣，感兴趣的是其因果关系，只想知道原因。"

"既然我们已经在谈论自然，"诺沃桑德茨基有些生气了，"他们欺骗了我们。说好的只有大自然，但事实证明，这里有别人。而我想要独处。"

"你怎么知道这种光不是自然现象？"

"这就是我所不知道的，也恰恰是困扰我的。"

第二天他去采蘑菇，马耶尔晒太阳。我没做什么特别的事情，对自己没有什么可说的。

诺沃桑德茨基采蘑菇回来后很紧张。

"不知道为什么，我状态不太对，无法集中精力。"

"为什么？天气这么好，而且蘑菇也很多。"

"但我满脑子一直在想，白天会过去，夜晚会到来，这个光亮也会再次出现。"

"也许不会。"

"困扰我的就是它出现的不确定性。"

"所以，如果我们说它没出现，你就会感觉好点儿吗？"

"如果没出现，那就更糟糕了。到时候我就会想：为什么以前有，现在反倒没了？"

"你会忘了的。"

"我不会忘，烙入记忆的东西是忘不了的。此外，我也没法在记忆中再次观察它。"

"等到今晚就会水落石出。你用不着提前担心。"

随着傍晚越来越临近,诺沃桑德茨基显得越发烦躁不安,其实应该是反过来。等待越是接近尾声,他就应该越踏实才对。傍晚时分,我们聚在了门廊。

"我已经晒黑了,是不是?"马耶尔说。

"肃静!"诺沃桑德茨基斥责道,"老老实实等着,不要分散我们的注意力。"

黄昏慢慢降临,但对于诺沃桑德茨基来,慢得有些难以忍受。

"没有,"诺沃桑德茨基紧张兮兮地说道,"不会出现了。"

"也许我们昨天是凭空想象出来的?"我试图让他平静下来,"有时候人可以臆想出一些东西来。"

"一个人如此,但三个人呢?我们中的一个人可能会出错,但不可能三个人一起发神经。"

"发生了集体幻觉。虽然集体经验是我们知识的规范性基础,但共识却经不起哲学的推敲。"

"无稽之谈!"诺沃桑德茨基感觉受到了冒犯,"不要试图迷惑我。"

"我没试图,我只是在分析。"

"在那儿呢!"马耶尔尖叫起来,他没有参与我们的争论,一直在向外张望,"就在那里,亮起来了。"

诺沃桑德茨基和我立即停止了理论探讨,也望过去。的确，在黑暗的群山间，有一个小小的光点。

"哦，上帝啊！"诺沃桑德茨基呻吟道，"又来了！"

"这不就是你想要的吗？如果它没有再次出现，你会更沮丧。"

"你为什么一会儿找我的碴，一会儿又跟他过不去？"他指着光亮说道。

"我也没办法啊。你是我的同事，而这玩意儿…… 我甚至不知道是什么。"

"有道理，"他同意诺沃桑德茨基的说法，"到底是什么东西？"

晚饭后，马耶尔给自己涂抹妮维雅乳霜，我什么也没做，诺沃桑德茨基走出了木屋。他整晚都盯着黑夜，或者说盯着无垠黑夜中唯一的发光点。从他的脸上看不出惊讶。夜色浩瀚，不可估量，难以理解，但整片黑夜都被悬挂在这一个亮点上，就像被一枚钉子钉住了。

清晨，早餐桌旁的马耶尔精神焕发，而诺沃桑德茨基面色苍白，看起来严重缺觉。

"我睡不着。"他抱怨道。

"你一直盯着远处看，睡得太晚了，难怪会这样。"

"即便我上床睡觉时，也睡不着。我一直冥思苦想，到底是什么，可能是什么？"

"你有什么假设吗？"

"没有。它存在，它发光，就这些。"

那一天，他甚至没有去采蘑菇，一直闷在屋里，从一个角落走到另一个角落，直到中午才走出来进入院子，马耶尔正在一张躺椅上伸着懒腰。

"现在最适合晒晒了。"马耶尔说着，指了指天顶的太阳。

"和我有什么关系。"诺沃桑德茨基嘀咕着，回到了房间。显然，他在等待黄昏来临，而白昼越来越长。

黄昏时分，我们又在门廊上坐下来。世事无常，人也不是一个模子里刻出来的——马耶尔和我已不像昨天那样紧张——难道我们已经开始习惯了吗？诺沃桑德茨基则更加兴奋。

马耶尔没有表现出多大兴趣，他在担心中午的阳光会不会太毒，自己恐怕要被晒脱了皮。

"这瓶妮维雅一点用也没有。"他抱怨道。

"匹兹布茵的好点儿，"我建议，"你试过吗？"

"肃静！"诺沃桑德茨基喊道。

"为什么？我们正在等待一个光学现象，而不是一个声学现象。如果它要亮起来，就会亮起来，就算我敲鼓，马耶尔吹长号都干扰不了。"

仿佛是为了验证我的话，逐渐灰暗的深蓝色天际出现了一个金色亮点。

"我要去煮面条了。"马耶尔说着站起了身。

诺沃桑德茨基没有过来吃晚餐，他一直盯着窗户，直到我和马耶尔上床时就寝时，他仍然在那里枯坐。

"愿他不要从中受到反噬，"马耶尔说，"晚安。"

翌日早上，只有我和马耶尔坐在早餐桌旁。

"他还坐在那儿吗?"我问马耶尔。

"他像个泥塑木雕，坐了一整夜。"

我给诺沃桑德茨基端去一杯热咖啡。他冷得发抖，因为山区的夏夜，尤其是清晨，都会冷彻骨髓。

"你好歹也得给自己盖一条毯子啊?"我问。

"我不能去拿毯子，因为我不想让它离开我的视线。观察必须准确。"

"那你有没有什么新发现?"

"没有。可以确定的是，它在晚上亮起，在黎明时分会熄灭。除此以外，它不会闪烁。"

"那么，你为什么还在这儿坐着，已经灭了，现在是白天。"

"说得对。"诺沃桑德茨基承认道，看向我的眼神也逐渐恢复了神志。

他睡了一天。在此期间，马耶尔晒出了漂亮的皮肤，看来他对晒伤皮肤的担心完全是多余的。

诺沃桑德茨基在晚饭前才睡醒。

"你今天吃晚饭吗?"马耶尔问道。

"我吃干粮，我会带着干粮上路。"

"你要去哪儿?"我们俩十分惊讶。

"我要过去看看，到底是怎么回事。"

"你冷静点，"马耶尔试图阻止他，"你为什么要夜里去?"

"白天找不着啊。"

"让他去吧,"我表示支持,"省得他总是烦我们,他最好去看看,否则我们的整个假期都会让他给毁了。"

他去了,第二天中午前后才回来。

"怎么样?"我们向他打招呼,马耶尔和我。

"没找到,太远了,不可能一夜之间到达。"

马耶尔看着我,我看着马耶尔。我们已经知道接下来会发生什么。

果不其然。诺沃桑德茨基又睡了一整天,傍晚时他打好了一个背包。

"我不知道什么时候能回来,也许好几天。你们俩就踏踏实实留在这里等我吧。"

我们等了一天,然后又是一天。第一个晚上我们照常睡觉,第二天我们也不为诺沃桑德茨基发愁,因为我们知道他至少需要两夜。第二天晚上,我们开始担心了。

"别担心,"马耶尔说,"也许他需要的时间比我们想象的还要长。"

"当然,走过去需要两夜,回来也需要两夜,或者日夜兼程,如果他不休息就回来,我们可能最早要到明天早上才能见到他。"

尽管逻辑上说得通,但我们两人没有挪地方,一直向那个方向眺望。在群山和黑夜的深处,有一个亮点。不知为何,我们俩都不想说话,就这样坐了很久。

"现在是几点了？"最后我问道。

"差不多是半夜。"

"好了，还是去睡觉吧。在黎明到来之前，他肯定回不来。"

就在我转身准备进屋之时，马耶尔惊呼起来。

"你快看！"

我看到——在黑暗中，在虚无中，现在已经不是一个光点了，而是两个，它们紧紧挨着，一模一样，根本分不清哪个早就有了，哪个是刚出现的。马耶尔也不知道，虽然他一开始声称左边的光点是在右边的光点旁边亮起的，但在我的追问下，他又改口了，反过来坚持说是右边的光点在左边的光点旁亮起。我告诉他，左边的光点不可能在右边的光点旁边亮起，右边的光点也不可能在左边的光点旁边亮起，因为只要还是一个光点的时候，就不可能分右边或左边。然后他不得不承认，自己实际上也没分清楚，只是试图理顺秩序。它们看起来就像一双眼睛。

那天晚上我们睡得很不安生。

诺沃桑德茨基第三天没回来，第五天也没回来。第七天快要过完了，他还没回来。此时马耶尔说：

"也许我们应该出去迎他。"

"他让我们等着。此外……"

"此外什么？"

我们像往常一样坐在门廊，盯着那两个光点。

"如果一开始只亮着一个光点，而现在，诺沃桑德茨基一去不返，却亮起来两个光点，那么就会产生一个假设……"

"什么假设？"见我一直没说后半句，马耶尔催促道。

"诺沃桑德茨基就是第二个光点。"

马耶尔开始思索。

"很有可能"他最后说，"但在这样的情况下，第一个是怎么亮起来的？"

"我哪儿知道?!"我没好气地回答，"诺沃桑德茨基对此也很好奇。如果你这么渴望弄明白，不如我们也过去找找看？"

"算了吧，"马耶尔赶紧安抚我说，"我们只是来度假的。"

马耶尔的困境

"所有的不幸，都来自地球是圆的这一事实，"诺沃桑德茨基说，"无论你从哪里出发，你走得越远，就会越接近你的出发地。这种现象放之四海而皆准。"

"我在哪里可以给你买到一个正方形的地球呢？"马耶尔问。

"在最理想的情况下，你顶多能给我弄到一个立方体的，而不是正方形的。因为我们生活在三维空间里，而不是二维空间。"

"他说得对，"普什奇·比亚沃夫斯基望向远方，附和道，"除了长度和宽度之外，任何东西都有一个高度，即使它很低。例如，马耶尔的额头。"

"即使你给我一个立方体的地球，"诺沃桑德茨基接过话来，"立方体也没有用。你照样会绕过它，回到自己身边，就像打出去一发炮弹。三维形体就是三维形体，不管是球体还是立方体。"

"我更喜欢球体。"

"为什么？"

"因为，如果你在一个立方体上行走，走在边边角角上多不舒服啊。"

"白痴，"诺沃桑德茨基转向了普什奇，"他没有看到问题所在。"

"的确没看到。"他同意诺沃桑德茨基的意见。

"你难道没有更大的事情需要操心吗？"

"没有，因为我最担心的就是圆球状的地球了。如果远离一个地方的同时，也相当于在向那儿移动，你知道这意味着什么吗？"

"我不知道。"马耶尔承认。

"意味着：离家出走没用，待在家里也无聊。"

"那么，解决方案是什么呢？"

"无解。除非彻底回归'大地'这个概念，'大地'是漂浮在海洋上的巨型龟壳，或是由四头大象支撑起来的平台，只有这样，问题才能迎刃而解。诚然，如果你离开家，你会有掉进海里或摔到大象脚下的危险，但无论如何，这将是一种全新的东西，也就是说，新鲜事物。"

"那么为什么不这样做呢？"马耶尔开始热血沸腾。

普什奇仰天长叹。

"我实在没有力气了，"诺沃桑德茨基对普什奇说，"也许你能为他解惑？"

"死了这条心吧。"普什奇拒绝了。

"我试试吧，"诺沃桑德茨基自己动员起来，"虽然你是我的同事，但也算是一个人类。所以听着，你这个白痴，乌龟或大象已经一去不复返了，因为科学已经不容辩驳地证明地球是圆球形的。你现在明白了吗？"

"但是，如果，万一，它是……那个……这……"

"什么啊？"

"这种现代科学……这…… 你知道，它是那个……"

诺沃桑德茨基转身望向普什奇。

"你听到了吧？"

"我听到了。简直难以置信。"

"我想我终于快要失去最后一丝耐心了。"

"你不能就这样把他扔在那儿。"

"我不能，"诺沃桑德茨基说道，"这是一个民族性的事件。你知道谁证明了地球是球形的吗？"

"我从哪儿知道！"马耶尔为自己辩护，"我当时又不在场。"

"是哥白尼。每个小孩子都会告诉你。你知道哥白尼是谁吗？"

"不要提问，马上告诉他，别在他身上浪费时间。"

"一个波兰人！他因此在全世界范围内享有盛名。还有我们，作为他的同胞，也跟着沾了光。而你居然还想……这个……要，你……你……连哥白尼都不知道，你还算是个波兰人吗？"诺沃桑德茨基被气得语无伦次。

"好吧，真对不起。"马耶尔道歉了。

"我认为！如果他是个德国人或俄罗斯人，那么还说得过去。但他明明……"

"好像他们正在开门。"普什奇说，他已经眺望店门好一会儿了。

"什么，已经八点了？"诺沃桑德茨基吃了一惊，踮起脚尖看了看排在前面的一条长队。普什奇个头很高，所以他不用踮脚尖就能看到。的确，他们正在开门，很快就会开始放顾客进店。

"往前走啊，先生们！"那些排在我们后面的人催促道。马耶尔当即转过身子面向他们。

"反正都一样，有什么可推的？我的同事向我解释说，前进和后退是一样的。他马上就对你们……"

但他没有时间进一步阐述自己的观点了，因为诺沃桑德茨基一巴掌捂住了他的脸，普什奇帮他穿上了他的内尔森，我们迅速逃离这个排了半天长队的地方，也就是说在接近这个地方，只要穿过北回归线、赤道和南回归线，我们等于向这家酒类商店的方向进发。

疯子

我们都在等医生，就差他一个了。但医生姗姗来迟，我们都很不满。

他终于来了。

"先生们，请原谅我，"他说着，把外套挂在走廊上，"……他们送来了一个病人，没办法，我又在诊所耽误了半天。那是一个很特别的病例。"

"有什么特别之处？"

我们还在生他的气。他不但迟到，还妄图寻找借口。

"他引用了莎士比亚的名言——'世界是一个疯子的梦，无意识中做的梦，充满了愤怒和动荡'——而且他还声称，莎士比亚所说的疯子就是他本人。还警告我，让我照顾好他，否则他要是出了什么事，就会是世界末日。"

"真是个彻头彻尾的疯子。"马耶尔承认。

"在我看来，他就是装疯卖傻。一个真正的疯子从不认为自己是疯子。"

"但他对伟大这个概念充满了狂热，纯粹就是个妄想症！"

"所以我才说这是一个特殊的病例，至于如何判断他到底是不是个疯子，就是精神病学的一个难题了。好吧，让我们开始吧，已经在他身上浪费了太多时间了。"

　　我发牌。

　　"他究竟想通过这些表达什么?"过了一会儿，我们已经
打了一盘时，马耶尔问道。

　　"通过什么?"

　　"通过世界末日。"

　　"他认为世界之所以存在，是靠他做梦。所以，一旦他
死了就会停止做梦，世界也就迎来末日。"

　　"和我们一起完蛋?"

　　"当然，我们是世界的一部分。"

　　在后续的时间里，我们默默地玩着牌。

　　"他现在的感觉如何?"诺沃桑德茨基问道。

　　"一般般吧，和在精神病院里差不多。"

　　"我不是这个意思，我想问他会不会太冷? 会不会太热?
会不会出汗了? 他该不会感冒吧?"

　　"还有，他不会吃一些难以消化的东西吧?"马耶尔补
充说。

　　"我也不知道。我离开诊所时，他感觉相当健康。"

　　诺沃桑德茨基放下了手里的牌。

　　"我认为，你应该回去检查一下，别让他出什么问题。"

　　"或者，别让他受到什么伤害。"马耶尔补充说。

　　"你们俩该不是在开玩笑吧?"

　　"我们说正经的呢。这是你作为一名医生的职责。"

"你到底有没有进行过希波克拉底宣誓?"马耶尔补充说。

"我以为,至少在这里,我能跟正常人打交道,"医生说,"但我发现自己错得离谱。再见吧,而且不要再指望我做桥牌搭档了。"

他言罢拂袖而去。

"哦,看看你们俩干的好事!"在只剩下我们三个人的时候,我说道,"你们俩真的相信那个疯子所想象的吗?"

"我们俩?谁跟你说我们俩相信了,我们又没疯。但是为了以防万一……"

言与行

    诺沃桑德茨基、马耶尔和我围坐在酒瓶旁。我们已经喝了半瓶，但还是觉得很无聊。

    "这是因为我们只喝酒，不思考，"诺沃桑德茨基说，"让我们讨论一个智力问题，看吧，我们就会来精神了。"

    "好吧。"马耶尔表示同意，打了个哈欠问道，"比如说，什么问题呢？"

    "比如，就说这个瓶子的问题吧。它是半空的，还是半满的？"

    "两者都是，因为瓶子里分了两半，对吗？一半是空的，另一半是满的，问题解决了。"

    "这是躲进了扁平相对主义当中，是对责任的逃避。人必须做出选择，正如萨特教导我们的那样，人必须选择，尽管有自由选择权。自由选择的强迫性，这就是存在主义的悖论。"

    "我必须选择什么？"马耶尔问道。

    "选择观点，换个词说，就是世界观。我们要么从上面看瓶子，要么从下面看瓶子。如果我们从上面看，那么我们就是虚无主义者，因为那一半是空的。反过来说，如果从瓶底往上看，我们就有对生活积极的态度。"

"等一下，"我插话说，"如果从脖子看，又如何？"

"什么脖子？"

"就是酒瓶的脖子，瓶颈。毕竟，你得通过瓶颈倒酒，而瓶颈属于空的一半。所以呢，瓶颈也是虚无主义的吗？"

"好吧，这是一个新问题。"

"我建议咱们先喝上一杯。这样就不会再有'一半一半'的问题了，因为如此一来，空的和满的就不平均了，至少我们就解决掉了这个问题。"

我的提议被一致采纳。的确如此，酒瓶里的液面明显下降，低于平均线了。

"你很有思想，"马耶尔赞道，"我还以为，我们摆脱不了这个局面了。"

"由此，我们又产生了其他问题，"正在研究这个瓶子的诺沃桑德茨基说道，"也就是说，水平和垂直的问题。似乎它们不属于同一个概念范畴。"

"有什么问题？"马耶尔问道。

"用更简单的话说，就是纵向和横向的问题。"

"你说得对，"马耶尔承认，"瓶子里的酒已经所剩无几。"

"说到点子上了。水平可高可低，但垂直始终保持不变。注意，先生们，垂直的方向不会摇摆。由此可见，水平属于物理学，因为我们可以通过调整水平与垂直的关系来影响它的物理特性，当然了。相反，垂直是形而上的。"

"如果我把它倾斜过来呢？"我建议。

"倾斜什么，垂直吗？不可能的。垂直是由定义本身决定的。"

"垂直我不懂，但我可以把瓶子倾斜。"

"你就把瓶子倾斜吧，"马耶尔对我表示支持，"我们看看，会有什么结果。"

倾斜之后，事实证明这个问题也得到了解决。水平完全消失，因为酒瓶已经见底了。

"看到了吧，诺沃桑德茨基，"我说，"还得靠行动。你奇思妙想，你坐而论道，而我身体力行。如果不是因为我，我们会讨论到现在也解决不了任何问题。因此，让我们停止讨论，采取行动。"

"对啊，让我们行动起来吧！"马耶尔热情地喊道，"倒酒！让我们敬——行动！"

"敬什么行动，你们这俩傻瓜，"诺沃桑德茨基说，"这已经是最后一瓶了。"

公平

诺沃桑德茨基、马耶尔和我来到前领导人面前。尽管时值炎夏，此时他正穿着内裤坐在那儿点火生炉子。

"有什么可帮忙的?"他问道。

"我们是代表团的。"

"我很忙。"

"但我们是以社会大众的名义。"

"我也以社会大众的名义。"

"生炉子完全是私人的事情。"

"这可难说。"那人说着，向炉子里扔了一摞官方文件。还有整整一沓躺在地板上，每一张上都盖着"绝密"的印章。

"先生，看您脱得这么私人化地坐着，我们可是有公众事务在身的。"

"社会的。"马耶尔紧跟着说。

"国家的。"我又补充道。

"那好，我洗耳恭听。"

"我们来是要把这里的领导人绞死的。"

"那你们搞错了，我已经不是领导人了。关于绞死的事，请找我的继任者。"

"他说的有道理。"诺沃桑德茨基对马耶尔说，"你为什么还管他叫领导呢?"

　　"习惯了。我想说，我们是来绞死你的，你这头猪。"

　　"是的，你可真把我们折腾得够呛。"

　　"你，你的政党和你的政府。"

　　"现在你们的政权已经结束了。"

　　"这一时刻到来了，正……"

　　马耶尔吞了半个词，他大概想说"正义"，但没说完。因为他看到了在地板上的那堆文件，确切说是在最上面的一篇手稿。

　　"这里真的很热，"他又接着说，但语调已经变了，"我能把外套脱了吗?"

　　"请便吧。"主人表示同意。之后他从这堆文件中拿起那份手稿，扔到火里，马耶尔欣慰地舒了一口气。

　　"要不把这个也烧了?"诺沃桑德茨基建议道，从地上又拿起一张写着密密麻麻字迹的文件。

　　"那当然。"

　　诺沃桑德茨基擦了擦额头的汗。他的外套在这之前就已经脱掉了，并没有征询主人的同意。

　　"那您呢?"主人向我问道。

　　我也脱了外套，开始动手劳动。终于翻到了我要找的东西：我写的对诺沃桑德茨基和马耶尔的揭发信。当这几张纸被点燃时，诺沃桑德茨基盯着天花板，马耶尔则看着地面。

"先生们不把裤子脱了？"

"不，我们这就走了，我们不想打扰您了。"

我们一起走了出来，刚到街上就沉默地分开了，当然离去的方向不同，但角度是对称的。

再次革命

诺沃桑德茨基、马耶尔和我相约来到一家我们很熟的餐馆。

"瞧，他们换了名字。"马耶尔注意到了这个改变。

的确，他们把餐馆名字从原来的"在中枢国家机关下"改为了"夏威夷彩虹"。

"因为恢复私有化了，这家餐馆企业已经不再归国家所有，变回私人所有了。"诺沃桑德茨基解释道。

我们进了餐馆，在桌子旁坐下来。

"各位先生需要点些什么?"侍者问道，侍者与我们三人都不相识。看来餐馆除了名字换了，人员也换了。

"跟往常一样，每人半升，一共一升半。"

"当然，半升什么呢?"

"如果这是玩笑，那我就已经笑了，现在请你报一下都有什么吧。"马耶尔答道。

"皇家芝华士、尊尼获加、黑方、布什米尔斯、百龄坛、威雀、波尔多、勃艮第、博若莱、香槟……"

"没纯的吗?"马耶尔打断了侍者，他不懂外文。

"当然有，斯米尔诺夫伏特加，东柯扎肯伏特加，水晶伏特加，克洛萨尔伏特加和首都伏特加。"

"普通的伏特加没有吗?"

"完全普通的伏特加我们没有。"

"要不就东柯扎肯吧? 这个至少听起来有点耳熟。"诺沃桑德茨基建议道。

我们发现，东柯扎肯也不是自己能消费得起的，就一起离开了"夏威夷彩虹"。

"我觉得，我都快被资本主义枷锁压扁了。"马耶尔在街上说道。

"我也这么觉得，我们必须重新建设社会主义。"诺沃桑德茨基附和道。

于是我们开始付诸行动。诺沃桑德茨基努力解决设备问题，马耶尔负责原材料，而我找到了地点，也就是地窖。因为生产烈酒会被判重刑，而作为革命者我们必须转入地下工作。

筹备会

"我们应该成立一个党派。"马耶尔说。

"毕竟,别人已经成立了好几个。"诺沃桑德茨基指出。

"是的,党派成立了好几个,但他们并不对整体负责。像我们要建立的这种负责任的党派,还没有一个呢。"

"我又能从中得到什么?"诺沃桑德茨基表现出兴趣。

"对祖国的牺牲。"马耶尔解释说。

"也就是说,我要牺牲自己?!"诺沃桑德茨基怒气冲冲地又给自己倒了一杯酒,"在醒酒中心里,他们告诉我,如果我继续这样下去,我将患上……真馋腥沾王……"

"是震颤性谵妄。"我纠正了诺沃桑德茨基。

"反正都差不多,他们总是用拗口的拉丁语。"

"我的意思是在上头的做出牺牲,"马耶尔解释说,"这意味着……"

"那我呢?在底下进行吸收?"诺沃桑德茨基打断了他的话。

"别抽风,"我对诺沃桑德茨基说,随手把他按到了桌子底下,"自从共和国倒台,马耶尔就有了发言权。"

"在上头做出牺牲的意思就是说,我们将成为总统,如此一来总是有回报的。你还记得西伦凯维兹是如何做出牺牲的吗？"

"那都是什么时候的事了。"诺沃桑德茨基在桌子底下叹了口气。

"想法不错，"我对马耶尔说，"但是老掉牙了。诺沃桑德茨基说得对，现在已经有了很多党派。"

"但哪家规模都不大。我们有三个人，算是规模比较大的党派了。"

"可是方案呢？没有方案，你就无法行动。"

"我有'时尚波兰'展会的方案，是我为他们搬运包裹时，他们给我的。"诺沃桑德茨基在桌子底下说，"我把它忘在家里了，但我可以带过来，只是今天来不及。"

"我们说的不是关于'时尚波兰'的方案，而是波兰改革的方案。"为了让诺沃桑德茨基意识到这一点，我掀开桌布的边角，以便与他更好地沟通，"没有改革方案，我们就没有机会，每个党派都有自己的方案。"

"那我就去问问改革派的牧师，我住在他附近。"

"他又不是基辛格，"我对马耶尔说道，顺手放下了桌布，"让我们重新回到这个话题，比如说，你对农业有什么看法？"

"还行吧，我不介意。"

"那么，重工业呢？"

"如果太重了，就减重。"

"既然这样，轻工业呢？"

"那还不简单，轻的就让它重一点，重的就让它轻一点。"

"教育？"

"让它发光，但在你离开时要把它关掉。也不要阅读，因为这是在浪费电。"

"军队呢？你对军队的态度是什么？"

"不是已经被解决掉了吗。"

"非常好！"我评价道，"很专业，直奔主题，最重要的是，可以获得知名度。但仅仅靠这些还不足以让我们脱颖而出，我们必须提出一些激进的建议。诺沃桑德茨基，不要乱动，否则我他妈的揍你。"

"我没有乱动，我在挠痒痒。"

"你摇晃桌子了。"

"我痒的时候要挠。"

"玻璃杯中的酒都让你摇晃洒了。"

"哦，那不是一码事。"诺沃桑德茨基承认，然后就老实了。

"我不是跟你说了吗？"马耶尔说，"我们将为整体负责。诺沃桑德茨基给我们树立了一个崇高的榜样，尽管他遭受了痛苦，却不动声色。别提什么激进主义。"

"中间派？"

"中间派当然也得有，但我们中也必须有左翼和右翼。

这事关乎民族团结。"

"谁做中间派?"

"当然是我。诺沃桑德茨基可以成为左翼。"

"因为我会掀翻桌子!"诺沃萨德基坐在地板上警告我们。

"既然这样,还是你当左翼吧,诺沃桑德茨基当右翼。"马耶尔转向我说道。

"小心我把诺沃桑德茨基放出来。"我威胁马耶尔。

"你就不能帮我挠挠吗?"诺沃桑德茨基从桌子底下问我,"痒得要命。"

"如果你不当左翼,就别跟我提挠挠的事,"我回答,"要么当左翼,要么痒死你,你自己选择吧。"

"你帮他挠一下,然后让他自己好好想想,"马耶尔说,"不能对一个人要求太多了。"

"太对了!"诺沃桑德茨基说,"为这句话我就该最后喝上一杯!"

"按住他!"马耶尔喊道,可惜为时已晚。

诺沃桑德茨基的欲望太暴力,他拽着我想站起来,却掀翻了桌子,一桌子的酒都洒了。直到早上,我们都在吮吸着浸润了酒水的桌布,但这与喝酒的感觉实在没法比。

我们的错误是,把他按在地板上太久,让他一直没喝到酒。所以说,左也好,右也好,最重要的还是人权。

没有这一点,我们在欧洲就没法立足。

夸张

诺沃桑德茨基给我打来电话。

"马耶尔的病现在好点了。"他说。

"你确定吗？"我小心翼翼地问道。

"他刚才给我打来电话，说他已经不咳嗽了。"

"也不再觉得浑身刺痛了吗？"我关切地问。

"还是有点刺痛，也已经轻多了。"

"还发不发烧？"我接着问，没有放弃希望。

"这我就不清楚了，他没跟我提发烧的事。"

"我们去看看他吧。"

我们去了。马耶尔穿着一件印有大蝴蝶图案的越南长袍迎接我们。他活力十足，满面红光。

"身体怎么样了？"我问道。

"谢谢你，我好得很。实际上，我现在一点事都没有啦。"

"可是你还发烧呢。"

"早就退烧了。"

"退烧了？恐怕你需要测测体温。"

"测了，一点也不烧。"

"那你的脸怎么那么红？"

"因为我赢了一辆奔驰。"

"你是什么意思，怎么赢的?"

"买彩票。"

一片寂静。

"新车?"诺沃桑德茨基问道，声音大得能震聋耳朵。

"崭新崭新的。彩票的大奖肯定是新车。"

"好吧，我想我们现在还有点事，可能要走了。"诺沃桑德茨基说。

我们出了门，看到房前停着一辆银色奔驰，便停下脚步站在路边。

"你有钉子吗?"我问。

诺沃桑德茨基翻找着他的口袋。

"只有一把小刀。"

我们俩辛勤工作了半个小时，因为轮胎太硬，刀子太小。最终好不容易扎爆了，我俩扬长而去。

如果他只是好点了，我们倒是可以接受。但他凭什么过得这么爽?

出版行动

我们碰见了马耶尔。

"近来可好?"他问道。

"你怎么了,感冒了吗?"我很惊讶。

"没有啊,为什么这样问?"

"因为你说话的嗓音听起来很奇怪。"

"怎么奇怪了?"

"你刚才的发音,'i'都说成了'y'。"

"有什么大惊小怪的,我说的是西班牙语,'i'在西班牙语里就是'y'。"

"真的吗?"

"不信的话,你可以查字典啊。"

我们与他道别后各奔东西。

"我不知道马耶尔会说西班牙语。"我对诺沃桑德茨基说。

"我也会。"

"你?从什么时候开始会的?"

"从今天。他讲西班牙语,我都能听懂。"

我想了一下。

"事实上,我也一样。"我说。

"看到了吗？这没什么大不了的。他还觉得能给我们留下深刻印象呢。"

　　马耶尔和我已经开始着手翻译《佛朗哥将军回忆录》了。

　　我们也已经拿到了出版社的预付款。

　　人永远也不知道自己的能力有多强。

"蓝色东欧"译丛（部分书目）

· 部分书名为暂定，以出版时为准 ·